坪田譲治名作選

坪田理基男・松谷みよ子・砂田　弘　編

ビワの実

篠崎三朗・絵

小峰書店

坪田譲治名作選

ビワの実——目次

ビワの実

正太《しょうた》の海

川のへりを通っていると、一ぴきのふなが、ぴんと水の上にはね上りました。ふなは大へんうれしそうに見えました。いいえ、ふなはふざけていたのです。

正太《しょうた》は、ちょっとおかしくなりました。

と、また川の下の方で、ふなは、ぴんと高く水の上にはね上りました。

正太はおもしろくなりました。

と、また川下《かわしも》で、ふなは、四*1しゃくも五しゃくも高くはね上ったのです。はね上ったばかりでなく、今度《こんど》は、ぴんぴんとちゅうがえりをやりました。

正太は、もうたまらなくなって、ふなのあとを追《お》っかけました。

ところが、まあ、何というふなの早いことでしょう、水の上で、ぴんぴんぴんぴんとやりながら、ずんずん川下《かわしも》の方へにげて行きます。

正太《しょうた》は、走らないでは追《お》っつきません。

追っかけて行くうちに、とうとう町や森や野原などを通りました。

行くにつれて、ふなはしだいに高くはね上って、はじめは、空になげた銀《ぎん》かのように光っていましたが、大きな二つの山の間を通りこしますと、ふなはほんとうに流《なが》れ星《ぼし》のように、空にのぼって行きました。

ところが、きらきら光って、ふなの落《お》ちて行く所《ところ》をながめますと、まあ、そこに何というけしきが見えたことでしょう。

山にかこまれた、ひろいひろい海、

青い波《なみ》、白い波が立っております。

大きなおさかなが、汽車のようにつながって、海のあっちをおよいで行きます。

あたまの大きなたこが、水のそこで、追っかけっこをしてあそんでいます。

お家《うち》のような、大きいくじらが、波を立てっこして、大きな口をあけて、

「はっは、はっは。」

と笑《わら》っています。

白い海、青い海。何しろ、ひろい海でした。

○

「おかあさん、海を見たよ。」

ある日のこと、川の方からかえって来た正太《しょうた》は、こんなことを、おかあさんにお話しました。

けれども、これは、正太のゆめではなかったでしょうか。

*1　四しゃく……長さの単位。一しゃくは約三〇・三センチ。

狐狩《きつねが》り

一

　鷹使《たかつかい》の名人で、「鷹の平八《へいはち》」でとおっていたおじいさんは、大声で謡《うたい》をうたいながら川岸《かわぎし》の道を帰っていきました。空には星がちらちら光っていました。おじいさんは片手《かたて》に提灯《ちょうちん》をもち、片手に重箱《じゅうばこ》をさげていました。重箱の中には御馳走《ごちそう》がいっぱいはいっていました。今日《きょう》は近くの村の親類《しんるい》の秋祭《あきまつり》によばれて、おいしくお酒《さけ》をのみ、いい気持《きもち》になって、今、家へ帰っていくところです。

　やがて、向《む》こうがわへわたる、石橋《いしばし》のところへやって来ました。そこは昔《むかし》から狐《きつね》が出たり河童《かっぱ》が出たり、ときには幽霊《ゆうれい》さえ出るという恐《おそ》ろしいところであります。しかしおじいさんは腰《こし》に刀をさしていました。この近辺《きんぺん》で「鷹《たか》の平八《へいはち》」と言えば、知らぬもののないおじいさんです。そんな、狐《きつね》や河童《かっぱ》なぞは気にもしませんでした。

と、ちょうど橋《はし》の真中《まんなか》まで来たとおもいますと、ふと、後の方でピチャピチャという、かすかな足音のようなものが聞えました。人間ならば、跣足《はだし》で歩いてる足音です。

「は、はあ。」

おじいさんは、そうひとりで言って立ちどまりました。そして後の暗《くら》い闇《やみ》の中へ向《む》って、おだやかな声で言いました。

「この重箱《じゅうばこ》がほしいと見えるの。これはやれんのじゃ。娘《むすめ》がたんせいした御馳走《ごちそう》でのう。家では孫《まご》どもが待《ま》ッとんのじゃ。」

おじいさんは狐がもう何町《なんちょう》となく後をつけて来ているのだと、かんづいたのでした。おじいさんは百姓《ひゃくしょう》の家柄《いえがら》でも、殿様《とのさま》から苗字帯刀《みょうじたいとう》を許《ゆる》されている身分《みぶん》です。狐なぞがいたずらをするのを、だまって見すごすわけにはいきません。

おじいさんは橋の上に提灯《ちょうちん》を置《お》き、その側《そば》へ重箱を置きました。そして腰から煙草入《たばこい》れをぬき出すと、そこにしゃがんで、カッチカッチと火打石《ひうちいし》をうちました。おじいさんは、この不心得《ふこころえ》な狐《きつね》を、一つ、叱《しか》っておこうと考えたのでした。

村を通っていく他村《たそん》の人でも、見知らぬ他国《たこく》の人であろうとも、悪《わる》いことをしているところが目についたら、何町追《なんちようお》いかけて行ってでも叱《しか》らずには置《お》けないのがおじいさんの性分《しようぶん》でした。よく道端《みちばた》で、帯《おび》の結《むす》び方が悪かったり、羽織《はおり》の襟《えり》が立っていたりして、おじいさんに注意《ちゆうい》される人さえありました。

おじいさんは煙草《たばこ》をすいながら、狐の近よって来るのを待《ま》っていました。もしかしたら狐は人間に化《ば》けて来るかも分りません。そうしたら、なおのこと叱りやすいわけであります。しかし狐もそれを知ってか、なかなか近よって来ません。

一服《いつぷく》煙草をすうと、その灰殻《はいがら》をおじいさんは手の平に吹《ふ》き出しました。その灰の火の消《き》えないうちに、つぎの煙草をすいつけようとして、急《いそ》いで煙管《きせる》をつめていました。するとそのときです。風も吹かないのに、提灯《ちようちん》の火がふっと消えました。すると、おじいさんはいきなり、

「無礼《ぶれい》ものッ。」と、大声でどなッて、刀のつかに手をかけました。近くに狐のけはいでもし

たら、すぐ切りつけようと、身構《みがま》えをしていました。しかし、それきり何の音もしません。片手《かたて》をのばしてさぐって見ると、火は消《き》えても提灯《ちょうちん》もあります。重箱《じゅうばこ》も前のままです。

「いたずらは承知《しょうち》せんぞッ。鷹《たか》の平八《へいはち》を知らんのかッ。」

力のこもった声でおじいさんは言いました。すると、すぐ側《そば》で、クンクンという、犬の甘《あま》えるような鼻声《はなごえ》が聞えました。

「野山に餌《えさ》はないのかい。」

おじいさんがききました。と、またクンクンと言いました。

「そうか。そうか。分った。分った。しかし、これはやれんのじゃ。明日《あした》まで待《ま》てい。明日になったら、家の屋敷《やしき》の柿《かき》の木に、油揚《あぶらあげ》を三枚《まい》おいといてやるでな。」

おじいさんがこう言いますと、また、二た声、三声《みこえ》、クンクンという声がし、ピチャピチャという足音が聞えました。狐《きつね》が重箱の方へ鼻をよせて、そっと寄《よ》って来ては、またさっと飛《と》びのくさまが、その足音や空気の動《うご》きで、手にとるように分ります。

「駄目《だめ》じゃ駄目じゃ。人が言ってきかせるのが分らんのか。すなおに言うことをきくもんじゃよ。」

　ここまでは静《しず》かに言いましたが、そのうちに、狐《きつね》が重箱《じゅうばこ》の、ふろしきのむすび目を引ッ喰《く》わえるところが、目に見えるような気がしました。そこでおじいさんはまた大きな声をあげました。

「馬鹿《ばか》ものッ。おれを平八《へいはち》と知ってかかるのかッ。」

　ところが、その声と一しょに、川の中でドブーンと大きな音がしました。何が落《お》ちたのでしょう。狐でしょうか。

　おじいさんは重箱のおいてあったところをさぐりましたが、もう重箱はありませんでした。それでは狐が重箱を川へ落《おと》したのでしょうか。おじいさんは、しばらく耳をすましていましたが、もうそれきり何の音もしません。狐も姿《すがた》をかくしてしまったようでした。

二

　翌朝《よくあさ》のことであります。

　おじいさんは座敷《ざしき》の縁側《えんがわ》にすわって、煙草《たばこ》をすいすい庭《にわ》をながめていました。庭には池があり、池の向《むこ》うには築山《つきやま》*1があって、その築山の上には大きな岩の側《そば》に楓《かえで》が真紅《しんく》に紅葉《こうよう》していました。

池の手前には一本の松《まつ》の木が枝《えだ》を縁側《えんがわ》の方へさし出しています。その側には燈籠《とうろう》が一つ立っていました。その燈籠へ向って出ばった松の枝に、一羽《わ》の大きな鷹《たか》がとまっております。

これは「たまふさ」という有名な鷹で、おじいさんはこの鷹を使《つか》って、鴨《かも》や雁《かり》や、兎《うさぎ》までもとるのでした。とても猛《たけ》しい鷹でしたが、おじいさんにはとてもよくなれていて、おじいさんの指図《さしず》なら、どんなことでもすぐのみこみ、どんなことでもしました。

鷹は今籠《かご》から出されて、朝日のさしている枝の上で翼《つばさ》をひろげたり、くちばしで身体《からだ》の方々をつついたりしているところでした。

そこへ金十《きんじゅう》という下男《げなん》が庭《にわ》の柴折戸《しおりど》*2から入って来ました。それを見ると、たまふさは大きな翼をひろげて、バサバサと羽ばたきをして、今にも飛立《とびた》ちそうな様子《ようす》を見せました。

「待《ま》て待て待て。」

金十が言うのでした。金十はザルに入れた四五羽《わ》の雀《すずめ》を持《も》っていました。雀はカスミ網《あみ》でとったもので、みな生きていて、ザルの中でバタバタあばれています。でも、もうみんな羽《は》根《ね》が折《お》ってあるので、あばれても飛《と》び立つことは出来ません。

「金十《きんじゅう》。」とおじいさんがよびました。

「今朝《けさ》はもしかしたら狐狩《きつねがり》にいくかも知れんぞ。雀《すずめ》は三羽《ば》だけにして置《お》こう。」

すると、金十が言いました。

「へい、では、犬の方も。」

「うん、犬も朝めしをへらしとけ。」

それで金十はザルの中から雀を一羽つかみ出し、これを松《まつ》の下へ投《な》げてやりました。それを見るとたまふさは、ひょいと枝《えだ》から地べたへ下りて、土の上にころんでもがいている雀を、しばらくいかめしい目付《めつき》をして見下していました。やがて片足《かたあし》の爪《つめ》で、それをグイとつかみ、鋭《するど》く曲《まが》った嘴《くちばし》でくわッと喰《くわ》えて、頭を振《ふ》って食べはじめました。そこら中へ雀の毛が散《ち》りました。金十はその側《そば》へあとの二羽の雀を置いて、また柴折戸《しおりど》から出ていきました。

こんどは納屋《なや》の方で犬のなき声が聞えました。声はこっちへ近づいて来ました。と、二ひきの犬が勢《いきおい》よく庭《にわ》へ飛《と》びこんで来ました。これは四郎《しろう》に九郎《くろう》という犬たちでありました。四郎は白、九郎は黒犬でした。

二ひきは尾《お》っぽをピンピン振《ふ》りながら、築山《つきやま》の方から池のぐるりへかけて、土の上に鼻《はな》をつけて嗅《か》ぎ嗅ぎ、いそがしく駆《か》け廻《まわ》りました。築山の岩の上にのぼって、そこから首をのぞけて、鷹《たか》の方やおじいさんの方を見たりしました。

そのうちに、二ひきは松《まつ》の下の鷹のところへやって来て、*3一間《けん》ばかり離《はな》れたところから、ものほしそうに鼻《はな》を突《つ》き出しながら、少しずつ鷹の方へ寄《よ》っていきました。すると、鷹はとても恐《こわ》い目付《めつき》をして犬をにらみつけ、クワックワッと、叱《しか》るように鳴きました。

これで犬たちは鼻を近よせるのはよして、そのままそこへ、しりをすえてすわりこみ、尾っぽを振り振り鷹の御馳走《ごちそう》を見入っていました。鷹はこんな無遠慮《ぶえんりょ》な見物人に困《こま》ってか、それからは見る間に雀《すずめ》を食べてしまい、大きな翼《つばさ》をひろげると、築山から池の上の方をずうッと低《ひく》くまいくぐり、二三度《ど》舞《ま》うと、また松の枝《えだ》にもどって、そこへじっととまりました。

二ひきの犬は鷹が飛《と》び立つと、後の土の上に残《のこ》った雀の羽根《はね》のかたまりの中へ、頭をまっさかさにして鼻を突ッこみ、ふんふんふんふんかぎ廻しました。鷹は枝へかえると、何か残《のこ》していたかしら、というように頭をかしげながら、犬の様子《ようす》を見下しました。しかしもう何一つ残ってなどはいません。犬がふんふん言う度《たび》に、羽根がパッパッ飛び立つばかりでありました。

ところが、そのときであります。柴折戸《しおりど》からまた犬が一ぴきかけこんで来ました。これは白黒まだらの二郎《じろう》という犬でした。その後から、権《ごん》という下男《げなん》が入って来ました。それを見ると、おじいさんがすぐ言いました。

「うん、権や、もどったか。どうじゃった。」

権が言いました。

「へい、重箱《じゅうばこ》はやっぱり橋《はし》の近くにありました。御馳走《ごちそう》はもうさんざんに食べ荒《あら》し、風呂敷《ふろしき》などは幾《いく》つにも引きさいてありました。それでも重箱だけは、そのままありましたので、今、おさんどんに渡《わた》しておきました。いまに洗《あら》ってもらってお目にかけます。」

「ふーん。それで、穴《あな》は見つけたか。」

おじいさんが言いました。

「へい、橋のところで御馳走のあとをよく二郎にかがせまして、それから、そこいら中をさがさせましたところ、やっぱりあの櫟林《くぬぎばやし》の塚《つか》の下の穴《あな》らしゅうございますわい。」

「うん、そうかあ。」

おじいさんは思わず前へのり出すようにしました。

「あそこに一つ、昔《むかし》から穴《あな》があるのを知っていましたから、今日《きょう》は犬を近づけては悪《わる》いと思いまして、側《そば》まで行って、引きかえしてまいりました。」

それを聞くと、おじいさんは二三度《ど》、大きくうなずきました。

「ウン、ウン、御苦労《ごくろう》御苦労。」

それから三十分たつか、たたないうちに、おじいさんは、腰《こし》には一本長い刀をさし、肩《かた》に大鷹《おおたか》をとまらせて、大門《だいもん》を出ていきました。足には脚絆《きゃはん》にわらじ、手には手甲《てっこう》をつけていました。後には金十《きんじゅう》と権《ごん》が、やはり、手甲、わらじがけで、供《とも》につきました。二郎《じろう》、四郎《しろう》、九《く》郎《ろう》の三びきは、後になり先になり、急《せわ》しく駆《か》け廻《まわ》ったりして、ついていきます。村の子供《こども》たちがたくさん、一ところにかたまって、それを見送《みおく》っていました。金十が言いました。

「旦那《だんな》、だれに聞きましたか、今日は櫟林《くぬぎばやし》の狐狩《きつねがり》だというので、村のものが後のたたりを恐《おそ》れておりますが。」

「ハハハ、何を言うか。後のたたりのないように、今日は退治《たいじ》てやるんじゃないか。」

おじいさんが笑《わら》って言いました。

三

その日、子供《こども》たちは狐狩《きつねがり》というので、恐《こわ》くてついてもいけず、ただ道ばたにかたまって、櫟林《くぬぎばやし》のある、西の方の空ばかりを眺《なが》めていました。すると、そちらの空の上を大鷹《おおたか》がクルリクルリと、輪《わ》をかいて舞《ま》っているのを見て来たという人がいました。舞っているうちに、首をツッと下に向《む》けて、まるで矢のように落《お》ちていったと言います。それと一しょに犬がワンワンワンワンと、はげしく、なき立てたそうでした。

そのうちに、午《ひる》近くにはもうおじいさんが、鷹を肩《かた》にとまらせて帰って来ました。後には金十《きんじゅう》と権《ごん》が、狐を二ひき、荒縄《あらなわ》で首をしばって、棒《ぼう》につる下げてかついでいました。鷹はひどく苦闘《くとう》したと見え、背中《せなか》の羽毛をむしり取られていました。犬も、四郎《しろう》は尾《お》っぽの真中《まんなか》に血をにじませており、ときどき立ちどまっては、そこをなめるので、みんなからおくれおくれしました。

狐は割合《わりあい》小さな狐でしたが、首をつるされているので、からだが伸《の》びて、ばかに細長く見えました。それが棒《ぼう》の下で、ぷらぷらと、たがいちがいにゆれました。やはり櫟林《くぬぎばやし》の塚《つか》にいた牡《おす》と牝《めす》の狐《きつね》だったそうであります。その穴《あな》にはまだ子狐《こぎつね》が二ひきいたのだそうです。が、親狐《おやぎつね》をとってる間に、その子狐の方はうっかり、逃《に》がしてしまったのだそうであります。ところで、その晩《ばん》のこと、おじいさんは変《へん》な夢《ゆめ》を見ました。

家の土蔵《どぞう》の外の柿《かき》の木の根《ね》もとに、薄黄《うすき》色《いろ》い衣《ころも》を着た小僧《こぞう》が二人《ふたり》すわって、土蔵の窓《まど》に向《むか》って手を合せて、お経《きょう》をあげております。おじいさんは夢の中で、はてな、と考えました。よく見ると、小僧たちの衣の尻《しり》のところに、小さな尾《お》っぽの先がのぞいていました。

おじいさんはそれで目がさめましたが、まだどこからかお経の声が聞えるような気がして、もう眠《ねむ》れません。考えて見ますと、土蔵の窓の下には今日《きょう》とった狐が釘《くぎ》にぶら下げてあるのです。しかし、まさか狐の子が小僧に化《ば》けて来てはいないだろうとおもいながら、そっと便《べん》所《じょ》へ立っていきました。

便所の窓からはその柿の木が見えるので、音を立てないように、のぞいて見ますと、どうでしょう、ほんとに柿の木の下に小犬のような小さな狐の子が二ひき、ぽつねんとすわって土蔵の窓の方を見上げていました。沈《しず》みかけた三日月の光で、それが、かすかながら、ちゃんと見えました。

おじいさんは子狐《こぎつね》を、しみじみかわいそうにおもいました。と、二ひきとも疲《つか》れて来たものか、急《きゅう》にころりと横《よこ》になって、土を枕《まくら》に眠《ねむ》りはじめました。これを見るとおじいさんは孫《まご》のねているのを見ているようで、蒲団《ふとん》でもかけてやりたいくらいに、いじらしくなって来ました。おじいさんは、その子狐をそっと生けどって、大事《だいじ》に飼《か》ってやろうかとおもいました。そっと、ざしきへかえって、つぎの間に寝《ね》ているおばあさんを、こっそり、よびおこしました。

ほんとにいるんだよ、あすこに寝てるんだよと話して、また一人《ひとり》で便所《べんじょ》の窓《まど》へ見にいきましたが、便所の入口で足をすべらして、どたんと板戸《いたど》へぶつかりました。子狐はその音で、びっくりして、にげてしまったものか、いくら見さぐっても、もうどこにも姿《すがた》が見えませんでした。

＊1　築山……庭園に山をかたどって小高く土を積みあげたところ。
＊2　柴折戸……庭の出入口などに木や竹の枝で作ったかんたんな戸。
＊3　一間……長さの単位。約一・八メートル。

リスとカシのみ

もりのなかのくさのしたに、カシのみがひとつおちていました。カシのみははやくめをだして、はやく大きなカシの木になって、たくさんのカシのみをならしたいと、かんがえていました。

すると、そこへ一ぴきのリスがとおりかかりました。リスはおなかがすいていました。それで、

「おなかがすいたおなかがすいた。」といいながらはしっていました。だからカシのみをみつけるとすぐいいました。

「おやこれはごちそうだ。」

そして大きな口をあけました。

これをみるとカシのみがいいました。

「リスさんかんにんしてください。」

リスがいいました。

「かんにんできない。おれはおなかがすいているんだ。」

でもカシのみはたのみました。

「まってくださいリスさん、このつぎもりに花がさき、そしてみのなるころになったらわたくしは大きな木になって、あなたにたくさんみをあげます。」

もりに花がさきました。それから花がちってみがなりました。

リスはカシのみのやくそくをおもいだしました。またおなかがすいていたのです。おおいそぎでカシのみのところへやってきました。

あれ、大きなカシの木なんてどこにもありません。

「カシのみくん、どこでカシの木になっているんだい。」リスはよびました。

「リスさんここです。」

みればなんと小さい小さいカシの木が、くさのあいだにのぞいております。

「どうしたんだい。」リスがききました。

「リスさん、すみません。わたしいっしょうけんめい大きくなろうとしたのですが、どうしてもこれだけにしかなれなかったのです。もういちど、花がさきみがなるころまで、まってください。」

「こんどはきっとだよ。」

リスはまたやくそくして、かえっていきました。

もりに花がさきました。

花がちってみがなりました。リスはカシの木のやくそくをおもいだしました。また、おなかがすいていたのです。カシの木のところへかけていきました。ところが、おやおやだいぶん大きなカシの木がたっておりました。

「カシの木くん大きくなったね。」

リスがいいました。

「リスさんすみません、もう一どまってください。こんどはきっとです。カシのみをたくさんあげます。」

「よしよし。」

リスはかえっていきました。

それからなんねんたったでしょうか。

もりに大きなカシの木がたっていました。それにはたくさんのカシのみがなっていました。

リスがなんびきとなく、えだにのぼって、そのカシのみをたべていました。たべてもたべてもたべきれません。そのリスの一ぴきが、おおいばりでこういっていました。

「このカシの木ぼくのカシの木なんだよ。」

「そうです。そうです。」

カシの木もそういっていました。

かくれんぼ

1

善太《ぜんた》は一人《ひとり》で留守《るす》をしていました。お母さんは、

「直《す》ぐ帰って来ますからね。」

そう言って、出て行かれたのです。それで、座敷《ざしき》のお父さんの机《つくえ》に向《む》って、椅子《いす》から足をぶら下げて、キャラメルを食べていたのです。キャラメルは直《す》ぐなくなりました。それでも、お母さんは帰って来られません。キャラメルが、そんなに早くなくなったということも不思《ふし》議《ぎ》なれば、お母さんの帰って来られないということも不思議《ふしぎ》です。余《あま》りに早く時がたち過《す》ぎ

ました。それで、キャラメルの箱《はこ》の中をのぞいたり、机《つくえ》の下の方を見廻《みまわ》したりいたしました。けれども、キャラメルは何処《どこ》にも残《のこ》って居《お》りません。では、やっぱり食べてしまったのです。そうとしたら、これからどうしましょう。時間のたてようがないじゃありませんか。考えました。首を傾《かたむ》け傾けしして見ました。

「ウン！」

いい考えが浮《うか》んだのです。

「かくれんぼをやって見よう。」

そこで、部屋《へや》の隅《すみ》に行って、両手《りょうて》で顔を隠《かく》しました。

「もういいかい。」

大きな声で呼《よ》びました。

「まあだだよう。」

何処か遠くで、こんな声が聞えたようです。そこで、また大きな声を張《は》り上げました。

「もういいかい。」

「まあだだよう。」

声が次第《しだい》に遠くなって行くようです。

「もういいかい。」

「もういいよう。」

遠いかすかな声でした。では、もう隠《かく》れてしまったのです。さがしに出かけなければなりません。然《しか》し声は一体何処《どこ》でするのでしょう。風呂場《ふろば》の方にも思えれば、押入《おしい》れの奥《おく》の方にも思えます。行って見ましょうか。一寸恐《ちょつとこわ》くなりました。もう一度呼《どよ》んで見ましょう。

「もういいかい。」

「もういいよう。」

やっぱり声がして居《お》ります。困《こま》ったことになりました。行かなければならんでしょうか。あ、そうです。いいことを思いつきました。さがしに行くことはやめて、此度《こんど》はこちらで隠れてやりましょう。恐くても、何でも、隠れて居りさえすればいいんですもの。

ほんとに、そうです。そこで善太《ぜんた》は顔をふさいでいた両手《りようて》を離《はな》してその辺《へん》をキョロキョロ見廻《みまわ》しました。ありましたッ。玄関《げんかん》にお父さんの外套《がいとう》がかかって居りました。飛《と》びつくようにそこに駆《か》けよって、その中へ入りました。そして両手で前の合せ目を握《にぎ》り、そこをシッカり押《お》さえました。

ところで、どうしましょう。

「もういいよう。」

と言ったものでしょうか。言わないものでしょうか。やはり言わない方がいいでしょう。もし言って、彼方《あちら》からたずねてきたら困《こま》りますもの。それで、善太《ぜんた》は息《いき》をこらして、じっとその中に縮《ちぢ》かんで居《お》りました。と、あれえ、何だか、声が聞えるようです。

「もういいかい。」

気のせいでしょうか。そうです、きっと、気のせいです。恐《こわ》い恐いと思うので、聞えるような気がするのです。いやいや、あれ、また聞えて来ました。

「もういいかい。」

遠い遠い処《ところ》のようです。何処《どこ》とも解《わか》らないところなんです。それが段々《だんだん》こちらへやって来るようです。それにしても、あの声は一体誰《だれ》の声でしょう。聞きつけない不思議《ふしぎ》な声です。子供《こども》でもなければおとなでもありません。女でもなければ、男でもありません。人間らしくないのです。

お化《ば》けです。きっと、お化けです。かくれんぼうの魔物《まもの》です。段々段々《だんだんだんだん》近よって来ました。善太《ぜんた》をさがしているのです。

「もういいかい。」

おそろしいものです。きっと、この魔物は頭から黒い大きな布《ぬの》をかぶって、その合せ目からおそろしい黒い目を光らしているのです。そして、子供《こども》を見つけたが最後《さいご》、その黒い布を頭から冠《かぶ》せて、何処《どこ》か遠くへ、お父さんもお母さんもいない処《ところ》へ、さらって行ってしまうのです。

もう目の前へ来たようです。声がピッタリしなくなったのです。善太は外套《がいとう》の中で小さく小さく縮《ちぢ》こまって、ぶるぶる震《ふる》えて居《お》りましたが、魔物はいつ迄《まで》も善太の前に立って、じっと動《うご》かないで居りました。

2

「もういいかい。」

「まあだだよ。」

おかあさんはひとり縫《ぬい》ものをしていて、そんな声を聞きました。何処《どこ》でしょう。誰《だれ》でしょう。隣《となり》の家で、子供達《こどもたち》が遊《あそ》んでいるのでしょうか。それにしては、何だか、近いような気がしました。家の中でのような気がしました。いや、善太《ぜんた》の声のような気がしたんです。でも、善太が亡《な》くなってから、もう三月《みつき》にもなるんです。そんな筈《はず》はありません。そうとすれば、それは全《まった》く気のせいです。気を散《ち》らさないで、せっせと縫ものを致《いた》しましょう。

でも、

あれ、

「もういいかい。」

「まあだだよ。」

此度《こんど》はハッキリきこえました。気のせいではありません。

「だあれ？」

ついお母さんは首を後に振《ふ》り向《む》けて、声のしたと思われる方を向《む》いて言いました。

「――」

誰《だれ》の返事もありません。やっぱり、やっぱり、気のせいでした。善太《ぜんた》が何処《どこ》かで遊《あそ》んでるように思えたり、裏《うら》の柿《かき》の木の辺《へん》から、ついヒョッコリ出て来るように思えたりする、それと同じ気のせいです。でも、おかあさんは言いました。つい、言って見たくなったのです。

「善太チャン、おかあさんをからかっちゃいけませんよ。おかあさんは本気にしますからね。」

声はそれきりやみました。お母さんは縫《ぬい》ものにせいを出しました。何十分たったでしょう。それとも何時間たったでしょう。お母さんは縫ものにせいを出しながらも、やはり善太の声を待《ま》ちつづけました。でも、もう声がしなくなったのですもの、どうすることが出来ましょう。やっぱり声のしないのも淋《さび》しいものです。で、またお母さんは口の内で言って見ました。

「善太チャン、どうしたの。かくれんぼうはやめたんですか。」

「――――」

可哀想《かわいそう》なことをしました。折角《せっかく》、家の何処かに来て、一人《ひとり》で遊《あそ》んでいたものを、あんなことを言って、叱《しか》らんでおけばよろしかった。

が、その時ふと、お母さんの口をついて、

「もういいかい。」

こんな言葉《ことば》が出て来ました。と、あれ、

「まあだだよ。」

善太《ぜんた》の小さい子供《こども》らしい返事《へんじ》です。

「善太チャン、まだいるの。」

「――」

これには返事がありません。そこで、また
「もういいかい。」

「まあだだよ。」

お母さんは立上りました。全《まった》く何処《どこ》かにいそうなんです。隣《となり》の部屋《へや》でしょうか。茶の間の押入《おしい》れでしょうか。座敷《ざしき》の机《つくえ》の下でしょうか。

「もういいかい。」

こう言って、耳をすましました。

「まあだだよ。」

どうも何処とも見当がつきません。押入れの中のようでもあるし、風呂場《ふろば》の方角のようでもあるし、お母さんは押入《おしい》れを開けて呼《よ》びました。風呂場《ふろば》の戸口に立って呼びました。座敷《ざしき》の真中《まんなか》でも呼びました。家の外に出て、周囲《しゅうい》を一廻《まわ》りしながらも呼びました。押入れを開けた時には、蒲団《ふとん》の下にもぐっている善太《ぜんた》の小さな身体《からだ》が見えるような気がしました。風呂場をのぞいた時には、風呂場の桶《おけ》のふたをのけて、笑《わら》い笑い小さな頭がのぞくような気がしました。家の周囲を廻っている時には、角を曲《まが》り曲り、えへえへと隠《かく》れて行く善太の小さなクビス[*1]を見るように思えました。でも、何という善太はいたずら小僧《こぞう》なんでしょう。声ばかり残《のこ》して、押入れの蒲団を片《かた》づけても、風呂の蓋《ふた》をのけて見ても、家の周囲を駆《か》けて見ても、その小さな姿《すがた》は、何処《どこ》にも見えないでしまいました。唯《た》だその声ばかりが、「まあだだよ」と、何度《なんど》も答えるばかりでした。

＊1　クビス……かかと。

ビワの実《み》

山の麓《ふもと》の藪陰《やぶかげ》に一人《ひとり》の木こりが住《す》んでいました。名を金十《きんじゅう》と言いました。ある春の夜のことでした。金十は窓《まど》の下でぐうぐうぐうぐうねていました。すると、夜中頃《よなかごろ》に月の光がその窓からあかあかあかと金十の上にさして来ました。金十はそれで目がさめました。目がさめると、ビワの実《み》のことを思い出しました。

そのビワの実というのは桃《もも》くらいもある大きなビワの実でした。そして金色に光って、薄《うす》い粉《こな》がふいていました。それを今朝《けさ》金十は山へ行く途中《とちゅう》、朝日の輝《かがや》く道端《みちばた》の草の中に見付《みつ》けました。

「はて、何の実だろう。」

金十《きんじゅう》は驚《おどろ》いてしまって、一時は手にも取り上げず、首をかしげて眺《なが》め入りました。

「桃《もも》にしては色が違《ちが》う。ミカンにしては皮《かわ》が薄《うす》い。何か怖《おそろ》しい山の鳥の卵とでもいうのではないだろうか。鳳凰《ほうおう》の卵《たまご》というのはまだ見たことも聞いたこともないけれど、もしかしたら、こんな美しい木の実のようなものではないだろうか。そうでもなけりゃ、こんなところに、こんなものの落《お》ちている筈《はず》がないじゃないか。」

金十は一人《ひとり》で考えました。

「が、待《ま》て待て。手にとって見るくらい構《かま》やしないだろう。卵などだったら、もとのところへ置《お》いとくばかりだ。」

そこで金十はあたりを見廻《みまわ》して言いました。

「へい、ちょいと、見せて貰《もら》います。見るばかりです。盗《と》ったりなんどするのじゃありません。」

で、拾《ひろ》い上げて、目の前に持《も》って来ました。鼻《はな》の前に持って来て、匂《におい》をかいでも見たのです。いい匂です。それに何て重《おも》いことでしょう。まるでほんものの金のような重さです。しかし尻《しり》のところを返《かえ》して見ると、ちゃんと果物《くだもの》についているへたが喰《く》っついて居《お》りました。

「やっぱり木の実《み》だな。すると、この実のなる木がこの辺に、この山の中にあるという訳《わけ》だ。もしないとするなれば、この実を喰《くわ》えて大きな鳥が、いや、小さい鳥なんかでこの実の喰えられる訳がないから、それはどうしても鷹《たか》や鷲《わし》くらいの鳥が、これを喰えて飛《と》んで来た。いやいや、これも一つじゃないだろう。これが房《ふさ》のようになっている十も二十もの枝《えだ》を喰えて飛んでたろう。すると、丁度《ちょうど》この上の辺《へん》で、その中の一つが何かの拍子《ひょうし》で、ポロリと一つ落《お》っこちた。これがそれ、この美しいこの実なのだ。とすると、この一つくらいおれが貰《もら》ったからと言っても罰《ばち》はあたらない。放《ほう》って置《お》けば、他《ほか》の鳥に喰われるか、それとも雨に打《う》たれて腐《くさ》ってしまうか、兎《と》に角《かく》いいことになる筈《はず》はないのだから。」

こんなことを長々と金十《きんじゅう》は一人《ひとり》で考えました。そしてここ迄《まで》思いつづけると腰《こし》の手拭《てぬぐい》を引ぬきました。その端《はし》でその実をシッカリ包《つつ》みました。包んだ上に一つの結目《むすびめ》をつくりました。そしてこれをまた腰のところに結《むす》びつけました。

木を切るところに行ってからも、金十はその実を大切にして、手拭のまま近くの木の枝《えだ》にぶら下げて置《お》きました。間もなく、一本の木を切り倒《たお》して、一ぷくしようとして気がつきますと、大切な木の実の下げてある枝の上に、一匹《ぴき》の栗鼠《りす》がやって来て、しきりにチョロチョ口駆《か》け廻《まわ》っております。

「あれ、奴《やっこ》さん、何してやがる。」

こう言ったのですが、栗鼠《りす》はその手拭《てぬぐい》の結目《むすびめ》を噛《か》み切ろうとしておりました。

「大変《たいへん》大変、そんなことさせて、堪《たま》るものかい。」と、金十《きんじゅう》は大急《おおいそ》ぎで、その手拭を枝《えだ》からはずし今度《こんど》は長い竹の棒《ぼう》の上にくくり付《つ》けて、その棒を土の上に突《つ》き立てて置《お》きました。

「どうだい。もう栗鼠が何べん来たって取《と》れっこない。」

こんなことを言ったのでしたが、しばらくして気がつくと、今度はどうでしょう、沢山《たくさん》の、いや三羽《ば》ばかりの山雀《やまがら》が、その竿《さお》の上でバタバタ、バタバタやって居《お》りました。やはり手拭からその木の実を取って逃《に》げようとしているのでした。これを見ると、

「こうらあ、雀《すずめ》の馬鹿野郎《ばかやろう》。」

金十は大きな声をして、持《も》っていた斧《おの》を雀《すずめ》の方に高く振《ふ》りかざして見せました。

「どうもこりゃ油断《ゆだん》ならん。」

金十は雀を追《お》っ払《ぱ》らうと、今度は斧《おの》で土を掘《ほ》って、その中に木の実《み》を入れました。そしてその上に大きな石を手にして載《の》せかけて置きました。そうして置けば大丈夫《だいじょうぶ》です。それから

晩《ばん》まで、仕事《しごと》の切れ目切れ目に、金十《きんじゅう》は石をのけて覗《のぞ》き込《こ》みましたが、栗鼠《りす》も雀《すずめ》ももうそこ迄《まで》は力が及《およ》びません。

日暮《ひぐ》れになったとき、金十は朝来たときのように斧《おの》をかつぎ、腰《こし》にはその実《み》をぶら下げて上機嫌《じょうきげん》で、麓《ふもと》の藪陰《やぶかげ》の藁屋《わらや》の家に帰って来ました。

「まず斧をしまって、晩めしを食べて、これからゆるゆるこの木の実を食べるとしよう。」

金十はそう思って、それを大切に戸棚《とだな》の中にしまいこみました。そして晩めしの仕度《したく》にかかりました。ところが、晩めしがすむと、どうしたことでしょう。もう眠《ねむ》くて眠くて、美しい木の実なんか、思出しもしない程《ほど》で、とうとう蒲団《ふとん》もしかないで、窓《まど》の下に横《よこ》になってしまいました。そうすると、もうそれきりぐうぐう眠ってしまいました。

それが今、夜中頃《よなかごろ》に月の光がさして来るとふと目がさめて来ました。目がさめると、その不思議《ふしぎ》な木の実を思出しました。

「おお、そうじゃ、あれを食べて見なくちゃ。」

こう言うと、跳《は》ねるように起《お》き上って、戸棚の戸を引き開けました。もしかしたら、鼠《ねずみ》なんかに齧《か》じられていはしないかと心配《しんぱい》しましたが、やっぱり朝の通り、金色に光って、白い皿《さら》の上に、とてもいい匂《におい》で載《の》っかっておりました。

「あったぞ。あったぞ。」

金十《きんじゅう》はこれを皿ごと取出《とりだ》して、月の照《てら》す窓《まど》のところへ持《も》って来て、しばらくじっと眺《なが》めました。どうもそのまま食べてしまうのは、惜《お》しいような気がしてなりません。

「だが、実《み》は食べても、種《たね》をまいておけばいいだろう。そうだ。そうだ。」

自分で言って、自分で答えて、それから思い切って、金十はそれを口へ持《もっ》て行きました。

そして歯形《はがた》を立てたか立てないに、もう口の内は果物《くだもの》の汁《しる》で一杯《いっぱい》になりました。甘《あま》くて、酸《す》っぱくて、そしていい匂がして、ちょうどそれはビワの実のような味でした。それを金十はゴクリゴクリと飲《の》みほしました。そしてまたその実を口に持って行くと、やはり歯形を立てるか立てないかに、もう口の内がおいしい汁《しる》で一杯になりました。一杯になった上、早く飲まないと、胸《むね》の方へ流《なが》れ落《お》ちそうになりました。金十は息をする間もなく、それを何度《なんど》飲みほしたことでしょう。十度も二十度も飲んだようにも思えれば、ほんのちょっと、いえ、たった一度飲んだようにも思えました。何にしても、そのおいしさは、くらべるものもありません。然《しか》しそれが何と、見る間に種ばかりになってしまったのです。金十はそれでしばらくその種《たね》を皿《さら》の上に載《の》っけて、その皿を窓《まど》の敷居《しきい》の上に置《お》いたままじっと考えつづけておりました。

「ああ、おいしかった。何にしても、おいしい果物《くだもの》だ。」

そんなことばかりを考えつづけたのです。然《しか》しいつ迄《まで》もそうもしてはいられません。そこで皿の上にあった一つの種を手にとると、月の光に照《てら》された前の庭《にわ》へ下りて行きました。そしてそこの真中《まんなか》の、ちょうど窓《まど》の前になるところに鍬《くわ》でもって土を少し掘《ほ》って、その種を中に埋《う》めました。埋めると、上の土をよく足で踏《ふ》みつけて、それからまた窓の下に帰りました。

「もうこれでいい。明日《あした》ぐらい芽《め》を出すかもしれないぞ。」

そんなことを思って、横《よこ》になって目をつぶりました。ところが、少しするとどうでしょう。その種を埋めた土の上に、もう木の芽生《めばえ》が小さい二葉《ふたば》をのぞけました。二葉がのぞいたと思うと、それはもうパッと四つの葉になりました。

四つの葉になったと思うと、今度は幹《みき》がすいすいと延《の》び始《はじ》めました。延びるに従《したが》って、何《なん》枚《まい》もの葉がパッパッと開きます。葉が開くにつれて、今度《こんど》は枝《えだ》がチョキン、チョキンとついて行きます。

いや、どうも不思議《ふしぎ》なことです。とうとうその木は見ている間に、見上げるような大木《たいぼく》になってしまいました。大木になったばかりか、見ていると、それが一時にパッと空一面に花を開きました。白くそして桃色《ももいろ》の、ちょうど桜《さくら》の花のようでありました。

と、それが十分間とたたないうちに、ホロホロと、まるで雨が降《ふ》るように散《ち》り始《はじ》めました。花が散ってしまうと次《つぎ》にはサッと枝々《えだえだ》に枝もたわむほど沢山《たくさん》のそして美事《みごと》に金色のビワの実《み》のようなその不思議な木の実がなりました。月の光を受《う》けて、何百何千というその実がどんな美しかったことでありましょう。金十《きんじゅう》はただもう息もつけずに、これをじっと眺《なが》めているばかりでありました。すると、そのときバタバタと音がしまして、一羽《わ》の鳥がその木の下へ飛《と》んで来ました。

これが鳳凰《ほうおう》というのでしょうか。お宮《みや》のお祭《まつり》のときの御輿《みこし》の上についているあの飾《かざ》りのような鳥でした。それが木の下をきらきら光りながら歩き始めました。と、またバタバタと音がしました。また一羽の鳳凰が飛んで来たのです。

それが木の下に下りると、つづいてまた音がしました。そうして、鳳凰はとうとう二十羽《ぱ》ばかりも飛んで来ました。それが木の下を歩き廻《まわ》る様子《ようす》はこれこそ金屏風《きんびょうぶ》に画《か》かれた絵であるかと思われるようでありました。

ところが、その次《つぎ》にとんだことが起《おこ》りました。その鳳凰《ほうおう》が一時にバッとたち上ったのです。みんな木の上の、あちらこちらの枝《えだ》の上にとまってしまったのです。そして急《せわ》しく首を動《うご》かせて、その金色の実《み》を食べ始《はじ》めたのです。どうしたらいいでしょう。と言っても、どうすることも出来ません。何しろ神様《かみさま》のように尊《とうと》い見たこともない鳥のことです。金十《きんじゅう》はやはりじっと眺《なが》めているばかりでした。

金色の実は一つ一つ、しかも見る間に枝の上から消《き》えて行きました。そしてそれが一つ残《のこ》らず無《な》くなってしまうと、バッと大きな、大風のような音がしました。一時に二十羽《ぱ》の鳳凰が飛《と》び立ったのです。それは月の光の中をキラキラ光りながら、空の遠くへ金色の雲のようになって飛んで行ってしまいました。

後には大きな幹《みき》とその枝と、それからだらりと垂《た》れたまばらな葉《は》ばかり残りました。まるで夢《ゆめ》のようなことでした。しばらく経《た》って、

「もう一つもないのかしらん。」

金十はそう言って、初《はじ》めて窓《まど》のところから立上りました。そして木の下へ行って、ぐるり

をぐるぐる廻《まわ》りながら、その枝《えだ》や葉《は》の間を見上げて歩きました。

「あれえ。」

金十《きんじゅう》は一ところで足をとめました。何だか一枚《まい》の葉の陰《かげ》に小さな小さな豆《まめ》のような小粒《こつぶ》の実《み》がまだ一つ残《のこ》っているようです。

「違《ちが》うかしらん。」

そう言っているうちに、あれあれ、それが次第《しだい》に大きくなり始《はじ》めました。もう桃《もも》ぐらいになりました。もう夏ミカンほどになりました。もう、西瓜《すいか》のようになりました。それにつれて、その細い枝が段々《だんだん》下にたわんで来ました。

これはこうして居《お》れません。放《ほう》って置《お》くと枝が折《お》れるか、実が下に落《お》ちて来て、土の上でつぶれるか、大変《たいへん》なことになりそうです。

そこで金十は大急《おおいそ》ぎで、家の中から長い杭《くい》と槌《つち》とを持《もっ》て来て、その実の下に四本柱《よんほんばしら》のやぐらのようなものを造《つく》りました。そしてその上に板《いた》を渡《わた》して、それで、その実を支《ささ》えました。こうして置《お》けば、実が樽《たる》のように大きくなっても大丈夫《だいじょうぶ》です。いやいや、それどころでありません。その実は、そのときもう樽のようになっておりました。樽も樽、四斗《よんと》入《いり》の樽のようになっていました。そしてまだまだぐんぐんぐんぐんぐんぐんぐんふくらまって行きました。

「や、どうも大変《たいへん》なことになってしまった。」

金十《きんじゆう》はうろたえました。今にやぐらが金色のまん円い家のような実《み》の下で押《お》しつぶされてしまうかも知れません。と言ったところでもう今となっては、どうすることも出来ません。それを見上げて、はあー、はあーと大息《おおいき》をついているばかりです。ところがまた不思議《ふしぎ》なことが起《お》こりました。大人《おとな》三人で、やっと抱《かか》えられるくらいの大きさになったときでした。その実はふと大きくなるのを止めました。

「ああ、やれやれ。」

金十はやっと安心しました。安心すると、一時に疲《つか》れが出て来ました。そこに立っておれないほど、身体《からだ》がだるくなって来ました。そこで、

「何もかも明日《あした》のことだい。」

そんなことを言って、また家の中の窓《まど》の側《そば》に帰って行きました。そこで横《よこ》になって眠《ねむ》ろうとしたときであります。ドシーンと大きな音が外でしました。びっくりして覗《のぞ》いて見ると、おやおや、今度《こんど》は大きな大きな蟇《がま》が一匹《ぴき》、金の実の下に大ように両手《りようて》をついて、目をパチク

りやりながらひかえております。

「ハッハハハハ。」

金十《きんじゅう》はつい笑《わら》い出してしまいました。蟇《がま》の様子《ようす》が何としてもおかしいのです。然《しか》し蟇はニッコリともせず、両手《りょうて》は両方《りょうほう》に拡《ひろ》げてついたまま、すまし返《かえ》って動《うご》きません。どうしようと言うのでしょう。あの大きな口を開けて、金の実《み》をパクリと一口にやってしまおうというのでしょうか。いえいえ、そうではありません。そのとき例《れい》の藪陰《やぶかげ》から一匹《ぴき》の大狐《おおぎつね》がピョンと一跳《ひとは》ね飛《と》んで出て、金の実のやぐらの上に跳ね上りそうにいたしました。と、これを見た蟇が、ワッと大きな口を開けました。狐の十匹も入りそうな大口です。や、これを見た狐が一方どんなに驚《おどろ》いたことでしょう。キャンと啼声《なきごえ》を出すと一緒《いっしょ》に、また元の藪の中へ大急《おおいそ》ぎで跳ね入ってしまいました。

狐が入ると、今度《こんど》こそというのでしょうか、三メートルもある一匹の大蛇《だいじゃ》が蟇の後からそろりそろりと這《は》い寄《よ》りました。すると今度は蟇がよちよちと向《む》きを変《か》えて、蛇《へび》の方に向いたと思うと、やはり大きな口をパクッと開けました。蛇もまた驚きました。起《おこ》していた鎌首《かまくび》を宙《ちゅう》に高く立てましたが、それと同時に、やはり元来た方へ、飛《と》びつくように跳《は》ね入りました。

つまり蟇《がま》は何処《どこ》から来たのか、この金の実《み》の番を引受《ひきう》けることになったのです。

これを見ると、金十《きんじゅう》は一層《いっそう》疲《つか》れがまして来てもう立ってもいてもいられなくなり、とうとうそこに横《よこ》になり、月の光に照《てら》されながら、ぐうぐうぐうぐういびきをかいて、深《ふか》い眠《ねむ》りに入りました。

ところで、どうでしょう。今迄《いままで》のことはすべて金十の夢《ゆめ》ではありますまいか。夢でなければ、目がさめても、その金の実がある訳《わけ》ですが。

あるでしょうか？

ないでしょうか？

どっちでしょうか？

石屋《いしや》さん

村のお宮《みや》で、カッチン、カッチン石屋《いしや》が石をけずっていました。石の鳥居《とりい》がたつことになったのです。何しろ、珍《めずら》しいことなんで、学校帰りの子供《こども》が五六人、その石屋さんのまわりに立って、それを眺《なが》めておりました。

石屋さんは子供が好《す》きと見えてみんながそこに立った時みんなの顔を見て、ちょっとニッコリいたしました。それから仕事《しごと》をしながら大きな声で歌をうたい出しました。

「ああ——山の中にはァ
なんにも——ないがァ
熊《くま》と——猪《しし》とがァ

すもう――とるウ。」

面白《おもしろ》い歌です。つい、みんな笑《わら》い出してしまいました。すると石屋《いしや》さんも面白くなったのか、みんなの顔を見て、ニコニコしました。それからまた歌をうたいました。

「ああ――山の中ではア

木と木とが――話すウ

鳥は来ないかア

木の実《み》がうれたア――」。

今度《こんど》はみんなで石屋さんに話をしかけました。

「おじさん、ほんとうに木が話をするの。」

「そうさあ。」石屋さんは言うのでした。

「熊《くま》と猪《しし》がほんとうにすもうとるの。」

「そうとも。」

「どっちが勝つ。」

「そりゃ強い方が勝つ。」

「どっちが強いの。」

「さあてな、猪《しし》の方かな。」

「あんなこと言ってらあ。熊《くま》の方が強いよ。」

と、また石屋《いしや》のおじさんはうたい出しました。

「ああ――山で石割《いしわ》りゃ――

谷間で――こだまア
黄金《こがね》、白金《しろがね》
割って――出せえ。」

そこで、おじさんはまず一休みと仕事《しごと》をやめ、手拭《てぬぐい》で汗《あせ》をふいてから、石の上に腰《こし》をかけました。きせるを出して、煙草《たばこ》をすい出しました。子供等《こどもら》もこれを見ると、おじさんのまわりに腰をかけました。と、また一人《ひとり》の子供がさっきの話を始《はじ》めました。

「おじさん、木と木が話すって、ほんとうにほんとうなんですか。」

これを聞くと、おじさんは笑《わら》い出してしまいました。と、また一人《ひとり》の子供が聞きました。

「ね、おじさん、さっきの熊と猪がすもうとるって、ほんとうにおじさん見たの。」

「ハッハハハ。」

これにもおじさんは笑《わら》ってしまいました。それでとうとう子供達《こどもたち》お互《たがい》に議論《ぎろん》を始《はじ》めました。一人《ひとり》は、熊《くま》と猪《しし》が相撲《すもう》とることもあるというのです。一人は、喧嘩《けんか》することはあっても相撲とるなんてことは決《けっ》してないというのです。

「あらあ、あるとも。」

「ない。どんなことがあってもない。」

二人《ふたり》は向《む》かい合って、もう喧嘩のようになっております。今に取組《とっく》み合いを始めるかもわかりません。すると、片方《かたほう》では、木と木が話をする、しない、で、二人喧嘩《ふたりけんか》のように言合《いいあ》っておりました。

一方は、木と木が話をしても、人間には聞えないというのです。然《しか》し一方は、人間には聞えなくても、木と木が話をすることはあるというのでした。何しろ、激《はげ》しい言合いで、おじさんは困《こま》ってしまいました。それで、みんなをなだめて言うのでした。

「まあまあ、みんな黙《だま》んなさい。おじさんの歌がもとで、そんな言合いになったのだから、お詫《わ》びに一つ話をしてあげよう。山の話だよ。だったら、もう言合いしなくてもいいだろう。」

全《まっ》くです。山の話をしてもらえれば、言合《いいあ》いのいの字もしなくていいのです。

「いい、いい、僕達《ぼくたち》もう何にも言やしないや。」

「ウン、言わない、言わない。」

それでみんなは、おじさんのまわりに近く、その体にさわるくらいにつめ寄《よ》せました。

「さあ、して、長い長い話をして。」

おじさんが話し出しました。

みんなどう思う。石は生きてるか。死んでるか。生きてなんかいるもんか、と、みんな思うに違《ちが》いない。おじさんもそう考えていた。ところが、石は生きていた。生きてる石を、おじさんは見たんだ。その話をするとしよう。

山の奥《おく》の奥の、そうだ、十も二十も山を越《こ》して、もうその奥には人の住《す》んでる処《ところ》はないというような山の中に、このおじさんは住んでいた。おじさんの村があったんだね。ところで、ある年の秋の始《はじめ》、九月になったばかりのある日、突然霜《とつぜんしも》がやって来た。それで畑《はたけ》にあった青いものがみんな枯《か》れてしまった。稲《いね》も栗《くり》も稗《ひえ》もそれから大根《だいこん》も菜《な》っ葉《ぱ》もさつまいももね、食べるものはみんな無《な》くなってしまったわけだ。村の人達《ひとたち》は泣《な》いたり、怒《おこ》ったり、それから御《ご》祈禱《きとう》などもして見たけれども、枯《か》れたものをもうどうすることも出来はしない。始《はじめ》のうちは、春にとった麦をたいて食べていた。そのうち、その麦も次第《しだい》に少くなって、十二月になった頃《ころ》には、村の人の食べるものが何一つ無《な》くなってしまった。

ちょうど、村の側《そば》を河《かわ》が流《なが》れていて、それを船で下れば町へ出られる。そこで、村でも強い大人《おとな》の男の人達《ひとたち》は次《つぎ》から次へ町へ出て、八百屋《やおや》や魚屋《さかなや》へ奉公《ほうこう》して、やっと自分だけは御飯《ごはん》を食べさせて貰《もら》った。しかし、弱い女や子供《こども》や、それから歳《とし》とったお爺《じい》さん、お婆《ばあ》さんは町へ出ることも出来ないで、もう生きるか死ぬるか、病人のようになって、床《とこ》についていた。

そんなある日の朝のことだった。山の方から、谷間の小さな道をノロノロ、ノロノロと下って来るものがあったのだ。いやいや、ゴロゴロ、ゴロゴロところんで来るものがあったのだ。何だと思う。え、大きな大きな、円い円い、家のような、それは大きな石だったんだよ。石も石、この鳥居《とりい》にする石のような、立派《りっぱ》な花崗岩《みかげいし》だったんだ。

子供《こども》が始《はじ》めそれを見つけた。そして山から石が転《ころ》げて来たと考えた。ところが、その石は、急《きゅう》な下りの坂道《さかみち》だって、急に転がるということはない。その代《かわ》り、上りの坂道だって、やはりゴロゴロのぼって行く。その上、曲《まが》り角だってキリキリキイと曲って行く。不思議《ふしぎ》な石だ。

子供《こども》がビックリして、それから不思議《ふしぎ》に思って、大きな声を出して、村の人達《ひとたち》を呼《よ》んだ。

「石だあ。石だあ。石だあ。」

他《ほか》に呼《よ》び方がなかったんだね。それでみんなも何ごとかとゾロゾロ戸口や門から外に出て、その気味《きみ》の悪《わる》い石を眺《なが》めた。誰《だれ》か後からその石を押《お》してるものがある、と思ったものもあったんだ。然《しか》しそんなものもない。石が紙張《かみば》りかなんかで、中に人がいて、転《ころ》がしていると思ったものもあったんだ。然し道の土がメリメリとめり込《こ》むのを見れば、紙張りなんて軽《かる》いものではない。それに一人《ひとり》の子供がその石に小石をとって投《な》げつけて見て、それがどんなに固《かた》いものかということがわかった。小石なんか、わけなくコンとはね返《かえ》ってしまったんだ。

どうだね。みなさん、こんな石がやって来たら、みんなどうするね。え、恐《こわ》いだろう。家なんかにぶっつかって来たら、それこそ家は一ぺんきりだ。メリメリ、ドシンと倒《たお》れてしまう。然し石は眼《め》でもあるのか、チャンと道の上を転がって行く。決《けっ》して家の方には向《む》かって行かない。

始《はじ》め村のみんなはそれを遠巻《とおま》きにとり巻いて、ものも言わずに、ただゾロゾロとついて行った。そのうち、一人のお爺《じい》さんが、きっと魔《ま》ものだと思ったんだね。大きな声をしてみんなにどなった。

「川へ落《おと》せ、谷川へ落せ。」

そうだ。川へでも落したら、その石もそこで止ってしまったかも知れなかった。ちょうど石の行く行手《ゆくて》に向《む》かって一つの小さい橋《はし》があった。二三人の人がかけてって、その木の橋をこわしにかかろうとした。と、他《ほか》のお爺《じい》さんがどなった。

「大丈夫《だいじょうぶ》、大丈夫。橋を落さなくても、きっと石の重《おも》みで落ちてしまうよ。」

と、もう石は橋の前まで転《ころ》んで来た。ところが、石はそこでじいっと止ってしまった。

「止った。止った。」

みんなが口々に言った。と、また石が動《うご》き出した。動き出したが、石は橋の上には行かず、橋の横《よこ》から川の中へバッチャン――とばかり転げ込《こ》んだ。水が四方へ飛《と》んだのだ。思わずみんなが声をあげた。

「やあ――。」

が、石はそんなことにはお構《かま》いなく、二三度《ど》川の中で空舞《からま》いをやったが、まるで後から押《お》し上《あ》げられでもするように、もう向こう側《がわ》の道の上に、軽々《かるがる》と転がり上ってしまった。

と、今度《こんど》は、石はどうやら道がわからなくなったらしく、右の方へゴロゴロ二三度行ったと思うと、左の方へゴロゴロ転《ころ》び返《かえ》った。右の方は村端《むらはず》れの林へ行く道、左は村のお宮《みや》へ行く道、それで一人《ひとり》の子供《こども》が叫《さけ》んだ。

「右へ行け。右へ行け。右は林だ、左はお宮だ。」

と、どうだろう。石はお宮の方へ転び始《はじ》めた。そして、とうとうお宮の高い鳥居《とりい》の下をくぐって、石はそこの広い庭《にわ》の中で止ってしまった。止ってしまうと、もうじいっと動《うご》かなかった。

ところが、あ、そうだ。おじさんは言うのを忘《わす》れていた。いや、村の人達《ひとたち》もつい石ばかりに気をとられて、気がついていても、さほど不思議《ふしぎ》に考えなかったんだが、全《まった》く不思議なことがあったんだ。だって、その転がって来た石の後について一本の柿《かき》の木が、大きな柿の木だよ、枝《えだ》を四方に張《は》って、その枝には大きな大きな柿が鈴《すず》なりになっているんだよ。それがさ、石の後から、枝をゆすって、ピョンピョンピョン、子供が足をくって一足飛《いっそくとび》で飛《と》ぶように、飛び飛びついてやって来たんだ。ウン、そうだ、鳥居の処《ところ》は枝がつかえるから側《そば》を廻《まわ》って、お宮の庭《にわ》にはいって行ったね。そして石がとまると、その柿の木も側に止って、もう動こうとはしなかった。何百という枝《えだ》の柿《かき》は赤くうれて、とってもおいしそうに見えていたんだ。どうしよう。柿はおいしそうだし、みんなみんなお腹《なか》はすいてた。何日も食べものらしいものは食べたことがない。

「ああ、あの柿が食べたいなあ。」

一人《ひとり》の子供《こども》がそう言った。でも、何にしても、不思議《ふしぎ》な石で、そして不思議な柿の木だ。お宮《みや》を遠巻《とおま》きにして、村中の人が集《あつま》っていても、その木の方に一足《ひとあし》も近よって行くものもない。そのうち、お爺《じい》さん連中《れんちゅう》が集って相談《そうだん》を始《はじ》めた。だって大人《おとな》はみんな町の方へ出て行って、村には一人もいないんだもの。

「どうしたもんだろう。あの柿は食べたものか。食べないでおいたものか。それにしても、あの石は悪《わる》い石か。それとも好《よ》い石か。」

一人のお爺さんが言うと、また一人のお爺さんが言う。

「お宮にお参《まい》りをする石のことだから、これは決《けっ》して悪い石ではない。あの柿だって、食べて悪いという柿ではあるまい。これは、きっと天道様《てんとうさま》が、この村を助《たす》けに、あの二つのものをお送《おく》り下さったのだ。」

永《なが》い間議論《ぎろん》をした後、五人のお爺《じい》さんが、鉄砲《てっぽう》や槍《やり》や刀を持《も》って、あの石の出て来たところをさがしに行くということになった。もし、山奥《やまおく》の魔《ま》もののいるという池の中からでも出て来たものであったなら、それはもう手もつけられない悪《わる》い石だ。注連縄《しめなわ》でも張《は》って御祈禱《ごきとう》する外《ほか》はないというのである。

五人のお爺さん達《たち》が出発《しゅっぱつ》してから、それは何時間たったろう。もう日暮《ひぐ》れ近くになっていたんだ。けれども村の人達は家にも帰らないで、お宮《みや》のまわりをかこんだまま、色々好《よ》いことを考えたり、悪いことを考えたりしていると、中には村はもうつぶれてしまって、村の人達は死《し》んでしまう、世界の終《おわり》がやって来たなどというものさえあった。

と、そこへ、そうだ、村のあっちの山の上で、ワァーッという何だか嬉《うれ》しそうな、お爺さん達の声が聞えて来た。鉄砲や槍や刀や、それから何かわからないものを上へさし上げて、五人のお爺さんが大きな声で叫《さけ》んでいる。思わずこちらでも声を出して、ワァーッと叫び返《かえ》し、それから子供《こども》を先に、お爺さん達を迎《むか》えに走って行った。

どうだった。え、何事《なにごと》が起《おこ》ったと思う。

山の奥《おく》に実《じっ》に良《よ》いとこがあったんだ。

お爺《じい》さん達《たち》は、石にめり込《こ》んだ土の橋《はし》をたどって、奥《おく》へ奥へと、それこそ二十キロも進《すす》んで行った。すると、高い山の彼方《むこう》の谷間に、何と、どうだ、今まで人の来たこともない、大きな林が見つかった。そこは、柿《かき》にミカンに、それからブドウに、いやいや、そんな果物《くだもの》どころか、山鳥に鶏《にわとり》に兎《うさぎ》に狐《きつね》に、まるで極楽《ごくらく》のような谷間が見つかった。食べものはもう食べほうだい。その他《ほか》に、両側《りょうがわ》の山には立派《りっぱ》とも立派、切出せばたくさんのお金になる大きな花崗《みかげ》岩《いし》がそびえ立っているのだよ。

これだけ言ったらわかるだろう。村の人達《ひとたち》はその日から、その谷間の林へ出かけて行き、果物を小籠《こかご》に幾《いく》つも幾つも取出《とりだ》して、それを町へ持《も》ってってお米とかえた。鶏もとり、獣《けもの》もとった。花崗岩も割《わ》って町へ船で運《はこ》んだ。

もうどんな霜《しも》が降《ふ》っても、どんなに旱《ひでり》がやって来ても、決《けつ》して困《こま》るようなことはなくなった。それにしても、不思議《ふしぎ》な石だね。今でもお宮《みや》にまつってあるがね。その後は決して転《ころ》がり出そうとはしなかった。では、これでおしまい。めでたし、めでたし。

「ああ――山の中ではァ
木と木が話すウ――

鳥は来ないかア――

木の実《み》がうれたア。」

石屋《いしや》さんは仕事《しごと》をはじめ、カッチン、カッチン石の上を槌《つち》でたたきながら、またこんな歌をうたいました。すると、子供達《こどもたち》は子供達で、石が生きてるか、生きていないかで、また言《い》い合《あ》いを始《はじ》めました。

キツネのさいころ

むかしむかしのことであります。もりの中に二ひきのキツネがすんでおりました。ある日のこと、その一ぴきがふしぎなものをひろってきました。かたくって四かくで、ブドウのみぐらいな大きさで、いろはしろいのです。そのしろい上に、一つのてんがかいてありました。いいえ、かためんには、二つかいてありました。いいえ、もう一つのめんには、三つかいてありました。ほんとうはどうひっくりかえしてみてもみなてんてんてんがかいてありました。それは一から六まで、つまりそれはさいころだったのです。しかしキツネはそんなことはしりません。なんだかいいものとおもって、二ひきでしきりにながめまわしました。においをかいでみたり、したでなめてみたり、はでかんでみたりしました。とうとうわからなくて一ぴきのキツネは、こどもにばけておてらのおしょうさんのところへききにいきました。

「おしょうさんわたしはみちでこんなものをひろいました。」

「どれどれうん、これはさいころというものだ。」

そしてキツネは、さいころのしかたまでおそわりました。キツネは大いばりであなにかえってきました。それからまっていたキツネに、じまんしてやってみせました。

「そうらね。こうしてころがすと一がでたろう。こんどはどうだい。三がでたろう。こんどは、どんなもんだい。六とでたろう。これでかちまけがきまるんだ。」

おもしろいことになりました。いままでは二ひきはしょうぶを、かけっこをしたりすもうをとったりしてきめたのです。でももうそんなことはしなくてよろしい。

あくる日のあさになりました。二ひきはあさごはんに、なにかたべるものをとってこなければなりません。あなのそとへでてみると、むこうの木の上に一ぴきのリスがおりました。

「あれあそこにリスがいる。あれをとってあさごはんにしよう。」

「うんそれがいい。」

「きみとってこい。」

「ぼくはきょうみぎのあしがいたい。」

「あれぼくはひだりのあしがいたい。」

ところがそのとき一ぴきが、さいころのことをおもいだしました。

「いいことがある。どちらがとるか。それはこのさいころできめよう。」

「うん一三五はぼく。」

「うん二四六がでたらぼくのかち。」

二ひきはあなのまえのいしの上へさいころをころがしました。するとどうでしょう。上には四のかずがでました。

「そうら、ぼくのかちだい。きみとってこいよ。」

しかたがありません。まけたほうがとりにいこうとむこうをみると、おやおやそのあいだにもうリスはにげていってしまいました。

「きみさがしてとってくるんだよ。」

一ぴきがいいました。と一ぴきのほうが、

「いやだい、いやだい。そんならそれもさいころできめよう。」

といいました。それでまた二ひきはさいころをはじめました。けれどもそのあいだに、リスはもうさがしてもわからないとおくのほうへ、にげていってしまいました。

ネズミのかくれんぼ

「こんばんはネズミに一ばんたいせつなことをおしえてあげましょう。みんなこのながしだいのしたにいらっしゃい。うえでかあさんがかちっとおちゃわんのおとをたてますからね。そうしたらすぐどこへかかくれてしまうんですよ。一とうじょうずにかくれたものには、一ばんおいしいごちそうをあげます。」

ネズミのおかあさんが、三びきのこネズミにおしえております。

「なぜです、おかあさん。」

一ぴきのこネズミがききました。

「ネコというおそろしいもの、みんなしってるでしょう。あれがくるから、かくれるおけいこをするのですよ。」

それで、ネズミのおかあさんはながしだいのうえにちょろちょろとあがっていきました。したでは三びきのこネズミたちがいまかいまかと、ちゃわんのなるおとをまっていました。するとそのとき、かちっとおとがしました。それっというので、三びきは三ぽうへとびちりました。するともうそのときには、ネズミのおかあさんはながしだいのはしにきて、そこからあたまをだしてしたをみていました。それからながしだいのあしをつたってちょろちょろしたにおりました。

「さてな、みんなはどんなところへかくれたろうな。一ばんじょうずにかくれたこには、一ばんおいしいごちそうのごほうびだ。」

そんなことをいいながら、そこらをひとまわりまわりました。すると、ながしのみずくちのところから、ほそいしっぽのさきがちょっぴりちょっとのぞいています。

「さあみつけましたよ。これはいったいだれのでしょう。」

そんなことをいいながらネズミのおかあさんは、そのしっぽのさきをくちにくわえました。

「いたいっ。」

こネズミがこえをたてました。

「いたいどころじゃありません。ネコだったらもうとっくに、おしりからひとくちにがぶっとやられておりますよ。」

ネズミのおかあさんはそういうと、こんどはふみだいの下をのぞきました。そこからは、ネズミのひげのさきが、ぴんと二三ぼんのぞいていました。

「そうらここにものぞいている。」

おかあさんはそういって、またくちでくわえてひっぱりました。

「おういたいっ。」

またこネズミがいいました。

「いたいどころか、これはあたまからがぶりですよ。」

おかあさんがいいました。

「どれどれこんどはこのなかかえ。」

そんなことをいってばけつのなかをのぞくと三ばんめのネズミはぞうきんにあたまをつっこんで、かくれていました。そして、どうなかもしっぽもあしも、みんなまるみえで、ひとりですっかりかくれたきになっておるのです。ネズミのおかあさんはおかしくてちゅうちゅうとわらいながらそのどうなかをがんぶりひとくちにくわえました。

「そうれ、ネコはこんなふうにひとくちにくわえてしまいますよ。」

けれどもこネズミはおかあさんにくわえられてくすぐったくてくすぐったくて、ちゅっちゅうちゅうちゅっちゅうちゅうとわらいました。

池のクジラ

山の中の池に一匹《ぴき》のクジラがすんでおりました。

こんなことをいうと、皆《みな》さんビックリなさるでしょう。クジラというものは大きな海にすむもので、昔《むかし》から池にクジラがいたなんて、聞いたこともないではないかと。

私《わたし》だって、そんなことがあろうとは思いません。しかし何万年か、何十万年か、私達《わたしたち》の想《そう》像《ぞう》もつかない昔から、この地球《ちきゅう》というものがあったのです。そこに動物《どうぶつ》というものがすんでいたのです。そして今でも、山の中に、海にある筈《はず》の貝殻《かいがら》などが残《のこ》っております。つまりそこが海だったのだ、そうであります。でもそれはどうして山になったのでしょうか。大きな地《じ》震《しん》があって、突然《とつぜん》どこかの海の中の土地が高くなり、そこが山になったということであります。又《また》は、海に近い山が噴火《ふんか》して、大変《たいへん》ないわや石をふらせ、海をせきとめて、そのあたりを山にしたということもあったのです。だから、そんな所《ところ》に一匹《ぴき》のクジラがすんでいたなんて考えて見ることだって、できないわけはありません。

いやいや、シナへいくと、揚子江《ようすこう》という大へん大きな河《かわ》があります。海のような河で、何千キロという上流《じょうりゅう》まで、海の汽船がのぼっていきます。そして、その河のところどころに大きな湖《みずうみ》がくっついていて、そこには海の魚だっているそうであります。

そうすれば、クジラだって大洪水《だいこうずい》の時なんか、そんな所《ところ》へのぼって行ってついつい山の池へ迷《まよ》い込《こ》み、水がへって出られなくなったなんてこと、千年や万年の内に、一度《ど》くらいはあったでしょう。

つまり、そんなクジラであります。それが池にすんでいました。けれどもクジラのすめるような池ですから、そんなに小さい池ではありません。それにクジラのすめるような所ですから、近所《きんじょ》に人間なんかいなかったのです。

さて、そのクジラです。池にすんでみると、もとよりそこの王様《おうさま》です。海でやったように、水を何メートルもふきあげて見ました。すると、池の魚が大騒《おおさわ》ぎです。（大変《たいへん》なやつがやってきた。……これは神様《かみさま》かも知れない。だって自由自在《じゆうじざい》に雨をふらせることだってできるんだ。）

そんなことをいいあいました。集《あつま》ってきて、そのひれにさわったり、尻尾《しっぽ》のまわりを泳《およ》ぎ廻《まわ》ったり、大きな口をのぞいて見たりしました。それにクジラが泳ぎだすと、大きな波《なみ》がたって、池の魚はその波にもまれ、クタクタにくたびれたりいたしました。

それでまた池の魚は、それを神あらしと申《もう》しました。雨も降《ふ》らせ、あらしも起《おこ》させる大神《おおがみ》さまと、あがめ、おそれました。もっとも、クジラの眼《め》の小さいのが神さまとしては少し欠《けっ》点《てん》だ、なんて思った魚もあったかも知れません。

しかしクジラの方は大得意《おおとくい》で、泳いだり沈《しず》んだり、波を立てたり、水をふいたり、できる限《かぎ》りの芸当《げいとう》をやって、小魚どもを、ビックリに、ビックリさせました。魚ばかりではありません。その魚を食べにやって来るニオという鳥だの、ケリという鳥だの、そんなものは尻尾の一はねで、波の中にたたきつけてしまいました。ある時、池の水ぎわ近く、一羽《わ》のワシが大威張《おおいばり》で、枝《えだ》の上にとまっておりました。

すると、その下へソロリと寄《よ》っていって、突然《とつぜん》水をシューッとふきあげました。ワシは驚《おどろ》いて、羽根《はね》をバタバタやり、ちょっとは、飛《と》びたつこともできませんでした。それでも間もなく、空の上に舞《ま》い上り、高い木の枝《えだ》にとまって、キッと鋭《するど》いその眼《め》で、クジラを見おろしました。ワシだって鳥の王様《おうさま》です。そんないたずらをされて、だまってゆるしておくわけにはゆきません。

どうかしてやりたいと思ったのでしょうが、どうも相手《あいて》が今まで山の中では、見たこともない大ものです。大きな岩か、小さな山かと思える生きものです。久《ひさ》しく眺《なが》めていて、首を傾《かたむ》け傾けしましたが、それが何ともわかりません。

「まあ、相手にならないことだな。」

そんなことを考えたのでしょう。それきり遠くへ飛《と》んでいってしまいました。しかしワシにくらべれば、ツルは賢《かしこ》い鳥でした。池の上をクルリクルリ輪《わ》をかいて飛んだ後、山のような不思議《ふしぎ》な動物《どうぶつ》が浮《う》いているのを見さだめると、その上に下りて来て、クジラの背中《せなか》にのっかりました。これにはクジラもおどろきましたが、まず水をふいて見ました。

ツルはそれをよけながら、じっと注意深《ちゅういぶか》く眺めるだけでした。それではというので、クジラは今度《こんど》は尻尾《しっぽ》で水を跳《は》ねとばしました。ツルはそれをよけながら、首をまげて、大波《おおなみ》のたつのをじっと見て立っていました。どうもしかたがありません。

「ええっ。」

というので、今度《こんど》はクジラは水の底深《そこふか》く沈《しず》んでいきました。その時になって、ツルは空に舞《ま》い上り、池のそばの木にとまり、そこでクワール、クワールと鳴きました。面白《おもしろ》い、面白い、というのだったのでありましょう。

しかしほんとのことを申《もう》しますと、クジラは、いつまでもこうして遊《あそ》んでいる訳《わけ》にはゆきませんでした。

第一《だいいち》にお腹《なか》がすきました。運動《うんどう》だってできません。池の魚をみんなたべて見たところで、四、五日か一週間《しゅうかん》でなくなってしまいます。それでクジラは悲《かな》しくなって、水の底に沈んであの小さな眼《め》から、涙《なみだ》をポロポロこぼしました。

「ああ、海へ帰りたい。海へ帰りたい。」

と泣《な》きました。それから神様《かみさま》にお願《ねが》いしました。

「神さま、神さま、もし私《わたし》が海へ帰れませんのでしたら、この池を海のようにして下さい。もしこの池が、どうしても海のようになりませんでしたら、仕方《しかた》がありません。私を鮒《ふな》やナマズのように小さな体にしてください。」

大昔《おおむかし》のことなので、とうとうそのクジラが、ナマズのような小クジラになって、その池にすむことになったというのですが、実際《じっさい》は私《わたし》は何も知りません。何万年という、地球《ちきゅう》の歴史《れきし》のうちには、そんなこともあったろうと、思うばかりでありますす。

雪ふる池

昔々《むかしむかし》のことであります。

あるところに、銀五郎《ぎんごろう》という子供《こども》がありました。お父さんは河《かわ》や池で鯉《こい》や鮒《ふな》をとる漁師《りょうし》でした。ところが、寒《さむ》い冬になって、お父さんは病気して、鯉も鮒もとれなくなりました。すると、家《うち》にはお金がなくなって、米を買うことも、たきぎを買うことも出来なくなりました。

こんな時、どうしたらいいでしょう。

「おじさん、僕《ぼく》の家にはもうお米がありません。お米があったらかして下さい。」

そんなことを言って行ける親類《しんるい》か、それとも親しいお家があれば、それはもう何でもありません。けれども、そんなお家がなかったら――。知らないよそのおうちへ、そんなことは言って行けません。行ったら、それこそ乞食《こじき》です。

困《こま》ったことに、銀五郎《ぎんごろう》の家は谷間の池の近くにあって、近所《きんじょ》に一軒《いっけん》も家がなかったのです。それで、そんなことを言って行くところも、何キロという遠いところにしかありません。

「ね、お父さん、どうしたらいいでしょう。」

こんなことを言っておられる、お母さんの言葉《ことば》を聞きますと、銀五郎がお父さんに言いました。

「お父さん、僕《ぼく》、これから魚を釣《つ》りに行って来る。」

これを聞くと、お父さんが言われました。

「何を言ってる。お前になど、魚が釣れるものか。きっと、川や池の中に落込《おちこ》んで、それこそヒドイ目にあうことになる。」

でも、銀五郎は言いました。

「いえいえ、僕、お父さんの釣るのをよく見ていたから、決《けっ》して、そんなへたなことはいたしません。きっと、鯉《こい》か鮒《ふな》か、お米になるだけは釣って来ますよ。」

これを聞くと、お母さんが言われました。

「ね、お父さん、釣《つ》るか釣らないか、ものはためしということがあります。ほんのちょっとばかり、近くの池で釣らして見ましょうよ。」

そこで、銀五郎《ぎんごろう》はお父さんの釣竿《つりざお》をかついで、お父さんのびくを下げて、それから柄《え》のついた網《あみ》も持《も》って、寒《さむ》い風の吹《ふ》いている外へ出かけて行きました。

「近くで釣るんですよ。危《あぶな》いところへ行ってはいけませんよ。」

お母さんに言われていましたので、銀五郎は一番近い谷間の池で釣ることにいたしました。家から見えるくらいの処《ところ》で、一キロもない遠さでした。

まず、池の堤《つつみ》の一本の樫《かし》の木の下に腰《こし》を下しました。そしてお父さんがいつもやっていたように、鉤《はり》にみみずをさしました。竿《さお》は二メートルばかりの長さでした。それをふって、池の中に投《な》げ入れました。いつもお父さんが釣る場所《ばしょ》として、竿を置《お》く石がちゃんとありましたので、その上に竿をのせました。そして竿の根元《ねもと》に小石を一つ置《お》きました。そうして置けば、手で持《も》っていなくても、竿が水の上にさし出ております。ウキも水の上に浮《う》いております。もう、そのウキが引込《ひきこ》まれるのを待《ま》っておればいいだけです。

ところが、その日は空が曇《くも》っていて、寒い風が吹いていました。それで、池には波《なみ》がしきりに立っていました。波《なみ》がたつと、ウキが浮《う》いたり沈《しず》んだりいたします。ウキが浮いたり沈んだりしますと、下についている餌《えさ》も浮いたり沈んだりします。すると、魚がよって来ても、動《うご》いている餌は恐《おそ》れて食べようといたしません。だから、困《こま》ったことですが、銀五郎《ぎんごろう》は一時間も二時間も、そうして待《ま》っていたのですが、ちょっともウキは引きこまれません。餌がとられたのかと思って、度々竿《たびたびさお》を上げて見ましたが、餌はちゃんとついております。どうも、困ったことです。

すると、また一そう弱ったことには、ちらちら雪がふってまいりました。始《はじめ》はちらちらでしたが、そのうちどんどんふって来ました。銀五郎は寒《さむ》くて手がこごえて、竿を持《も》つのがやっとのことでした。餌をつけるのには指《ゆび》がきかなくなりました。ほんとうに、どうしたらいいでしょう。これではまだ一匹《ぴき》も鮒《ふな》も鯉《こい》も釣《つ》れません。大ていの子供《こども》でしたら、もうこのへんで釣るのをやめて、寒い寒いと帰ってしまうところです。然《しか》し銀五郎は辛抱強《しんぼうづよ》い、そして勇気《ゆうき》のある子供でした。だから、雪などちょっともかまわず、やはり竿を出して、今か、今かと魚のかかるのを待ちつづけました。

そのうち、まわりの見《み》渡《わた》す限《かぎ》りの山や谷や、野原や木が、みんな雪で真白《まっしろ》になりました。

白くならないのは、樫《かし》の木の下の銀五郎《ぎんごろう》一人《ひとり》でありました。いいえ、池もやはり白くなりません。そこには水があって、落《お》ちる雪がみな水の中にとけこんでおりました。それでも、水の上の空は、クルクル舞《ま》い落ちる粉《こな》のような雪で、先の見えないくらい白くなっておりました。

ところが、その時不思議《ふしぎ》なことが起《おこ》って来ました。何だか、ふりしきる雪の中にたくさんの白い鳥が、クルクル、クルクル舞《も》うているのです。鳩《はと》くらいもある鳥でしょうか。何百羽《ぱ》というように見えるのですが、何ぶん白い雪の中の白い鳥です。どうもハッキリ見えません。と、そのうち、池の彼方《むこう》の方に、その鳥がだんだん水の上に下り始《はじ》めました。これは水の上に、あの鳰《にお》という鳥のように、うっきうっきと浮《う》かんでいるのですが、しばらくすると、しきりに水の中にもぐり始めました。もぐったと思うと、もうすぐ上に浮いて来ました。浮いたと思うと、もうすぐもぐるのです。とてもにぎやかで、とてもいそがしいのです。しかしこれは水の中の魚をとっているのでした。

すると、その頃《ころ》になって、やっと銀五郎の竿《さお》の先のウキがピクピク動《うご》き出しました。上げて見ると鮒《ふな》が一匹《ぴき》つれていました。どんなに銀五郎が元気づいたことでしょう。こごえた指《ゆび》で、みみずをさしかえて、糸を水の中に投《な》げ入れますと、すぐまたウキが動《うご》きました。もう釣《つ》れたのです。それから、いそがしく釣れ始《はじ》めました。見る間に二十も三十も、みな鮒《ふな》ばかりでしたけれども、ピンピン跳《は》ねて、糸の先について上って来ました。

そのうち、ふと銀五郎《ぎんごろう》が気がついて見ますと、その鳥が、なんと銀五郎から十メートルと離《はな》れないところまで押《お》しよせて来ております。広い池が白い鳥で、見渡《みわた》す限《かぎ》り一ぱいなんでありますそれが浮《う》いたりもぐったり、ふる雪の中で鳥の形とハッキリ見えないくらいになっております。

と、これはまたおどろいたことになりました。だって、銀五郎が近くの水の中を見ますと、それこそ、水の中が身動《みうご》きも出来ないくらい魚で一ぱいになっております。鳥に追《お》われて魚がこちらの岸《きし》へ集《あつま》って来たのでしょう。これでは、一匹《ぴき》ずつ、竿《さお》で釣っていては間にあいません。そこで、側《そば》にあった網《あみ》をもって、ザブッと水の中をすくいました。と、どうでしょう。網が重《おも》くて、中々上に上りません。上げたところが、網の中も一ぱいです。はねる魚が網の縁《ふち》からはね出ております。

「大変大変《たいへん》。」

思わず銀五郎《ぎんごろう》は言いました。そして側《そば》のびくの中にそれをうつし込《こ》みました。もう、一網《あみ》で、それはいれる処《ところ》がなく、山もりのようになりました。やっと、それにふたをして、それから銀五郎はもう一すくい、網にも一ぱい魚を入れ、それからおうちに帰って来ました。うちに帰って、その話をしますと、お父さんが笑《わら》い笑い言われました。

「それは白い鳥ではないんだよ。池がだんだん遠い処《ところ》から凍《こお》って来て、魚が凍らない処へ逃《に》げて来たのにちがいないよ。」

本当にそうだったでしょうか。

しかし、銀五郎にはそう思えませんでした。何か、白い鳥が自分を助《たす》けに来てくれたように思えてなりませんでした。何にしても、それでお米も買えました。お父さんの病気もやがて直りました。

そしてそのうち、暖《あたた》かい春になって、銀五郎一家《ぎんごろういっか》にも、たのしい春の日が訪《おとず》れて来たのでありました。

森のてじなし

花のさいている木の下です。三《さん》ぺいが大きな木の箱《はこ》に向《む》いて、てじなをやっております。友だちがたくさんけんぶつしております。

「えへん。今ここに小さい紙の箱があります。中には何もはいっていません。そこから白いちょうを出します。」

三ぺいは、紙箱《かみばこ》をだいの木箱の上にふせました。

そのそこのあなから中をのぞきました。

「出ろ、出ろ。白ちょう出ろ。あれ、白といったのに、黒が出て来ました。しかたがありません。」

三《さん》ぺいが紙箱《かみばこ》をあけると、ほんとうに黒いちょうが、ひらひらとんで行きました。

みんなびっくりしました。

「えへん。今度《こんど》こそ、白いちょうです。」

紙箱をふせ、あなをのぞいて、三ぺいはいいました。

「出ろ、出ろ、白ちょう。あっ、またしまった。ちょうというのに、とんぼが出て来た。」

箱をあけると、とんぼがとんで行きました。

「えへん。今度は、ちょうと、やんまと、二つ出します。」

また、あなをのぞきました。

「しまった。ちょうがせみになりました。」

ほんとうにやんまと、せみがとび出しました。

「えへん。おしまいに人間を出します。」

これにはみんなおどろいて、にげようとするものもありました。

けれども、箱をひっくりかえして、ぜん太《た》が出て来ましたので、みんなは、

「わっ。」

と笑《わら》いました。

ぜん太《た》は、木箱《きばこ》の下で、あけたて出来るあなから、ちょうや、とんぼを出していました。

「えへん。えへん。」

てじなのお話も、これでおしまい。

きつねとぶどう

山の中のきつねのすで、きつねの子がないていました。

「こーんこん、おなかがすいた。」

すると、おやぎつねがいいました。

「待《ま》っておいで、今おかあさんがおいしいものをとってきてあげる。」

こぎつねはなくのをやめて、おとなしく待っていました。一時間待ちました。おやぎつねは帰ってきません。二時間待ちました。まだ帰りません。三時間待ちました。それでも帰ってきませんでした。こぎつねはとうとうなきだしました。

「またおなかがすいてきたあ。」

おやぎつねはどうしたのでしょう。じつはその時、村へ行ってぶどうを一ふさとってこようと一生けんめいかけていました。

一つ山をこしました。二つ山をこしました。三つの山をこした時、やっとぶどうの村へつきました。

「おなかがすいて子どもがないているのです。すみませんが、ぶどうを一ふさいただきます。」

おやぎつねはそういって、ぶどうの木にとびあがり、大きなふさを取《と》りました。それをくわえて、大いそぎで山の方へもどりました。一つ山こえ、二つ山こえ、又《また》三つの山をこしました。きつねのすは、もうすぐ近くになりました。るすのうちにおそろしいわしなどに、あの子はさらわれはしなかったろうか。でも、あれ、こーんこんなきごえがしております。おやぎつねは安心《あんしん》しました。と、にわかにつかれがでてきました。持《も》ったぶどうが、重《おも》くて重くてたまらなくなったのです。で、一本の木の下にそのぶどうの一ふさをおいて、やれくたびれたとやすみました。

ところがその時、やすむまもなく、すぐそばでわんわん犬のこえがしました。りょうしが犬をつれてもうそこにきているのです。どうしましょう。ぶどうどころではありません。こぎつねがてっぽうでうたれます。思わずおやぎつねは、大きなこえで呼《よ》びました。

「こーんあぶない。はやくにげなさい。」

こぎつねはこのこえにびっくりして、あなをとび出し、かけてかけて山のおくへにげて行きました。

それから何年たったでしょうか。長い月日がたちました。しかしおやぎつねは、とうとう帰ってきませんでした。おかあさんをさがして、山の中を歩いているうち、こぎつねは大きくなりました。

ある時、昔《むかし》おかあさんとすんでいたすの近くへやってきました。すると一本の木の下にぶどうがはえていました。そのつるが木にまきのぼり、たくさんのみごとなふさをさがらせていました。

「こんなところにぶどうがあったかしら。」

こぎつねはふしぎに思いながら、そのひとつぶをたべました。何とおいしいぶどうでしょう。

「ああおいしい。ああおいしい。」

こぎつねはのどをならして、次《つぎ》から次へとたべました。しかしその時、ふとおかあさんのこえを思いだしました。

「まっておいで、おいしいものをとってきてあげる。」

すると、そこにぶどうのなっているわけがわかりました。

「そうだ。」

そう思うと、今はどこにいるかわからないおかあさんに、こえをあげておれいをいいました。

「おかあさん、ありがとうございました。」

枝《えだ》の上のからす

村のまん中の高い松《まつ》の木に、からすが一羽《わ》とまっておりました。からすはひさしぶりで、山の上からこの村にとんで来たのです。村は夏でかきの木が青々としげっておりました。その青葉《あおば》にうずもれるようになって、家々のわらぶきのやねがありました。松の枝《えだ》からはその家も青葉も、また村の中をとおっている道も、道にそうた川も、それから村のまわりをとりまくひろいたんぼも、みんなひと目に見わたすことができました。で、からすは、

「なにかたべなくちゃ、おなかがすいた。」

そう思って、村のすみからすみまで、たべるものはないかと、いっしんに見つめました。するとと、一本のかきの木の葉かげの枝に、三びきの雨がえるがいるのを見つけました。

「おおいたいた。」

からすはそう口のうちでいって、さっそくそのかきの木の方へとんでいきました。そしてその木のそばのわらやねの上にとまりました。と、どうでしょう。かえるがしきりに何かいっております。

「テンキヨホウヲモウシアゲマス。」

かえるはそういっているのです。

「ハハハ。」

からすはおかしくなって、ついこう笑《わら》ってしまいました。ところがこのてんきよほうをやっているのは、まん中にいる親がえるで、その両《りょう》わきに子がえるがひっつくようにならんで、やはり親のまねをしております。しかしこれはまだものがよくいえないとみえて、まだ、

「コロコロコロコロ。」

というばかりです。で、まず親がえるがいいました。

「テンキヨホウヲモウシアゲマス。キョウハイイオテンキデシタ。」

するとき子がえるがいうのでした。

「コロコロコロコロ。」

「コロコロコロコロ。」

で、また親がえるがいいました。

「コンバンハ、アメガフリマス。」

と、子がえるが二ひきそろってまねをしました。

「コロコロコロコロ。」

と、また親がえるがくりかえしました。

「テンキヨホウヲモウシアゲマス。キョウハイイオテンキデシタ。コンバンハアメガフリマス。」

子がえるがまたまねをするのでした。

「コロコロコロコロ。」

からすはおかしさをこらえて、それでもしばらくそのてんきよほうをきいていました。しかしかえるは、どうでしょう。同じことばかりくりかえし、いつまでたってもそれをやめようといたしません。それでからすはちょっとうるさくなり、

「チッ、うるさいな。」

としたつづみをうちました。そして、

「もう、とってたべちまおうか。」

そう思ったのですが、親のそばにいる二ひきの子がえるがいかにも小さく、いかにもかわいく思えるので、

「あんなものをくっても、いくらのはらのたしにもならない。」

そう考えなおし、なおかえるのいるかきの木をみておりました。すると、かえるがてんきよほうを六十三どもいった時でありましょうか、枝《えだ》から枝へあみをはっていたくもがやっとそれを聞きつけたらしく、そろそろと動《うご》きはじめました。くもはその時こんなひとりごとをいっていました。

「こんばん雨だとすると、あみの中にねているわけにも行くまい。あまやどりのばしょを見つけに行かなければ。」

そして、あみをつたって、そのはしっこに出て、それから細い糸をつたってかきの枝にとりつきました。そしてすぐ葉《は》かげにかくれました。

「これでもうだいじょうぶ。」

くもはまたひとりごとをいいました。

「ハハ。」

からすはまたおかしくなって、こんなに笑《わら》いました。雨だというので、虫どものさわいでいるのが、おかしいのでした。

と、その時二羽《わ》のつばめがいそがしくとんで来て、かきの枝《えだ》にとまりました。そしてかえるの放送《ほうそう》をききました。

「おや、こんばんは雨だって。」

一羽がいいました。

「あすはどうでしょう。」

一羽がいいました。二羽は父と母のつばめだったのです。

「かわず[*1]さん、あすはどうですか。」

母つばめがききました。それでかえるがいいました。

「あすのよほうはあすのあさです。ころころ。」

これを聞くと、父つばめがいいました。

「あすが雨なら、今日《きょう》しょくりょうをもう少し、すへはこんでおかなければ、子どもたちがやかましい。」

と、父つばめはいうのでした。

「いいえ、あす雨だっても、子どもたちには南の国のお話をしてやりますから。」

そういうと、二羽《わ》のつばめはまたいそがしくとびたって行きました。

「ハハ。」

からすはまたちょっと笑《わら》いました。そして、

「南の国だって、えらそうなことをいってやがる。」

こんなことを口の中でいいました。それから、ぴょん、ぴょんと、ひと足、ふた足、やねの上をとんで歩いて、また松《まつ》の木の上にかえっていきました。おいしいたべものがなかったのです。で、松の上からまた村中をいっしんに見つめました。すると、ちょうど一けんの家のまどがあいていて、家の中がよく見えました。そこでは机《つくえ》の前に一人《ひとり》の子どもが坐《すわ》っていました。

「北斗《ほくと》は、ぼくの子馬です。生まれたのは、去年《きょねん》の春、ちょうど桜《さくら》の花の咲《さ》くころでした。ぼくが学校からかえると、父はにこにこしながら、『新一《しんいち》、子馬が生れたよ。』といいます。」

子どもは大きなこえを出して、読み方の本を読んでいました。からすはそんなことはわからないものですから、ちょっと首をかたむけて考え、歌でもうたっているのかと思いました。

「歌にしてはおもしろくない歌をうたうものだ。人間って、ずいぶんかわっている、鳥の方がよっぽどじょうずにうたう。」

そんなことを考えました。でこんどは西の方をながめますと、そこでも一けんの家のまどがあいていて、中がよく見えていました。やっぱり一人《ひとり》の子どもが机《つくえ》に向《む》かって、本を開いております。これはさんすうの本を見て、しゅくだいをやっているのでした。しかしやっぱりからすにはそんなことはわからないものですから、ふしぎそうに頭をかたむけ、

「人間って、わからないことをやるものだ。たべるものを作ってるのでもなさそうだし、遊《あそ》んでるにしては、ずいぶんおもしろくない遊びらしい。」

そんなことを思いました。

次《つぎ》にからすは南の方をながめました。そこでもまどのあいてる家があって、中をよく見る

ことができました。ところが、そこはお茶の間だったもので、ちょうど学校からおそくかえった子どもが一人《ひとり》はんだいに向《む》いて、おだんごをたべていました。からすは初《はじ》めて人間のしていることがわかりました。

「おや、なにかたべてるぞ。おいしそうだな。だがあれをとるわけには行かないな。」

そんなことを思いました。すると、ますますおなかがすいて来て、いっそう、ねっしんに村中を見わたしました。そして、

「こんなことではだめだ。何かたべるものを早く見つけなければ。」

そう思って、こんどは北の方に向きなおりました。と、また、そこにも、家の中にいる子どもがいました。その子どもは流《なが》しばりのよういをしていました。流しばりというのを知っていますか。長い糸にたくさんつりばりをつけ、それにかえるやみみずのような魚のえさをつけて、夜の間に川に流しておくのです。すると、うなぎやこいや、なまずのような魚がそれをたべに来て、はりにひっかかるのです。その子どもはこんばんは雨らしく、かえるがしきりにないているので、流しばりを川に流そうと思いました。それでだいどころのどまにしゃがんで、しきりにはりにみみずをつけていました。からすにはこれもふしぎでたまりませ

んでした。で、また首をかたむけ、

「みみずをたべもしないで、いとにつけるとはどうしたことだろう。もしかするとあれをたんぼなどにおいといて、おれなどが来てたべるのをまっているのではないだろうか。何かしかけがあるぞ。ようじんようじん。」

そんなことを思いました。それでまた南の方に向《む》きなおりました。そしてもう人間のしていることは見ないことにしました。わからないことばかりしているからです。で、下の方の家のそばの畑《はたけ》をながめました。そこにはけしの花やしゅんぎくの花などが一めんに咲《さ》いていました。そしてちょうやとんぼが花から花へ、いくつもとびまわっていました。それを見ると、からすはまた思いました。

「ちょうはいいな。からだがちいさくて、花のみつのようなちょっぴりのたべものをたべていればいいのだから、おれのような大きなものはやはり大きなたべものがいるのでこんな時にはまったくこまるな。」

と、その時です。あちらの川の橋《はし》の上を、一ぴきのしまがえるがぴょんぴょんとはねていくのが目に入りました。とのさまがえるともいう、せ中にしまもようのある大きなかえるで

す。これを見ると、からすは、

「よし。」

とひとことというと、さっと松《まつ》の枝《えだ》からはなれ、下を向《む》いて一ちょくせんにとびました。そしてまばたきする間に、もう橋《はし》の上におりていました。ところが、どうしたことでしょう。かえるがいません。

「おやー。」

そういって、そのあたりを見まわし、橋の上をことこと足をあげて歩いて見ましたが、やはりいません。へんなこともあるものだと、からすは橋の上で考えました。かえるはどうしたのでしょう。じつはその時すぐそばの草のかげの水たまりの中にいたのです。からすがくるのを見ると、一とびにその中へとびこんだのです。そこには、おとなのかえるや子どものかえるなど五ひき、やはりかくれておりました。

「だまって、だまって。しずかにしていなさいよ。今《いま》上にからすが来ているからね。」

かえるはそういって、みんなをだまらせ、そっとして、水の上にうかんでいました。だいぶひさしくそうしていると、子がえるが小さいこえできました。

「おじさん、からすはこわいの。」

「こわいとも、みつかったらすぐたべられてしまうよ。」

しまがえるがいいました。

「ふーん。」

子がえるはかんしんしました。そしてまた小ごえでききました。

「へびよりかこわい。」

「へびとおなじくらいこわいよ。」

すると、またその時、川ぎしの草の中から、小さいいなごがぴんぴんはねて、川の中へとびこみはじめました。それがなんと、だいぶ遠いむこうの方からはじまって、だんだん橋《はし》の方に近よってきます。

からすはそれにきがつくと、ふしぎに思われじっとそれを、見つめていました。いなごはまだめだかのように小さくて、草のめのように青かったのです。それが何十ぴきとなく、水の中にとびこみ、川を流《なが》されて行きました。

「いなごのやつら、川わたりのけいこでもしているのかな。」

はじめからすはそう思ったのです。しかしそのさわぎが近づいた時、気をつけて見ていると、草が少しばさりとゆれて動《うご》き、それがしだいにこちらへやって来るようです。それでからすは、

「わかった。」

とひとりうなずきました。草の中を何かがこちらへやって来るのです。なにか。そうです。おそろしいものがやって来るのです。

「へびだ、ちがいない。」

からすはじっとにらみました。もうおなかがすいて、すいて、たまらなくなっているのです。大へびだとこまるのですが、小へびなら、とってたべようとけっしんしているのです。で、かえるのことなど忘《わす》れて、かくれるように頭をさげました。

いなごのさわぎが一メートルばかりに近づいた時、からすはぴょんととびました。とんだと思うと、どうでしょう。もう口ばしにひものようなものをくわえ、空に向《むか》っておりました。それがへびだったのです。五十センチばかりの小へびは、からすの口にぶらさがったまま、高い松《まつ》の木の上につれていかれました。

「ああ、たすかった。へびもからすもいなくなった。」

草の中の水たまりに浮《うか》んだしまがえるがそういうと、

「ほんとにいなくなったの、又《また》来ないかしらん。」

子がえるたちが口々にそういってさわぎました。

「もう大じょうぶ、大じょうぶ。」しまがえるは大ごえでそういって、それから、

「大じょうぶ、大じょうぶ。」とうたいました。子がえるたちもまねをして、

「がおがおがおがおがお。がおがおがおがお、がお。」

とうたをうたいました。

＊1　かわず……かえるのこと。

ナスビと氷山《ひようざん》

夏の初《はじめ》のことだった。ボクは読本《とくほん》[*1]のおさらいをしてから、お座敷《ざしき》の前の畑《はたけ》へ出て見た。畑ではナスビの木が大きくなって、もう花が方々で咲《さ》いていた。葉陰《はかげ》にはムラサキ色をした実《み》も幾《いく》つかなっていた。その時、一羽《わ》の蝶《ちよう》がとんで来て、ナスビの花の上にとまった。蝶は黒いアゲハの蝶だった。大きなそのツバサを開いたり閉《と》じたりしていた。然《しか》し直《す》ぐ上にまいあがって、ほかの花の方に行こうとした。その日は風の強い日で、近くの木の青葉《あおば》をサアサアそよがせていた。それで蝶もその風に吹《ふ》かれて、あっちへヒラヒラ、こっちへヒラヒラ、なかなかほかの花にとまれなかった。ボクは蝶を助《たす》けてナスビの花にとまらせてやりたいと思った。それで、そこにあった棒《ぼう》を拾《ひろ》って、蝶の方にさし出してやった。棒にとまったら、花のところへつれてってやろうと思ったのだ、だけども、蝶《ちょう》はボクの気持《きもち》がわからなかった。ヒラヒラヒラヒラ高くまいあがって、風に吹《ふ》かれて、どっかへ行ってしまった。キッと、ボクに棒《ぼう》で追《お》っぱらわれるように思ったのだ。

その翌日《よくじつ》のことだった。ボクは熱《ねつ》が出て、床《とこ》につくようになった。頭が痛《いた》くて、カラダがだるくて、とてもあつかった。ケンオンキではかって見たら、三十九度《ど》も熱があった。おかあさんは氷《こおり》を買って来て、それをガチガチわって、氷ぶくろに入れて、ボクの頭の上にのせた。ふくろの中で、氷がザラザラガラガラ音をたてた。然《しか》しいい気持だった。その日もいい天気で、障子《しょうじ》に明るい日がさしていた。そして、やはり風が吹いていて、風の音がサアサア聞えた。ボクは、昨日《きのう》の蝶はどうしているだろうか、今日《きょう》も風に吹かれて困《こま》っているだろうかと考えた。それで、おかあさんに聞いて見た。

「おかあさん、ちょっと見てちょうだい。畑《はたけ》の上を蝶がとんでるか。」

おかあさんは、ボクがへんなことをきくと思われたらしい。それでも障子をあけて、外を見て、

「おや、やっぱりとんでるよ。大きなアゲハの蝶よ。」

そう言われた。

「風が吹《ふ》くので困《こま》ってるでしょう。」

ボクが言うと、

「そうね、上へあがったり、下へおりたりしてるわ。困ってるんでしょうね。」

そう言われた。

「フーン。」

蝶《ちょう》が困ってても、ボクにどうすることも出来ない。そこで、ボクはただ目をつぶって、蝶のとんでる有様《ありさま》を思っていた。そのうちボクは眠《ねむ》った。それからまた目をさました。眠ってるうち夢《ゆめ》を見たんだろうか、目がさめたら、とても美しい景色《けしき》が頭に浮《うか》んで来た。それは北《ほっ》極《きょく》だろうか。南極《なんきょく》なんだろうか。白い雪のつもった山々がギザギザになって、遠くにつづいていた。絵のような景色だったから、それが背景《はいけい》なんだよ。そしてその前半分にはずっと、雪だか、氷《こおり》だか知らないが、一面《いちめん》白い平原が広がっていた。それから、右手の方に海があった。あおい、あおい、それこそスゴイあおさの海だった。その海の遠いところに、一つ先のとがった三角の形をした山があって、それがキラキラガラスのように光ってた。氷山《ひょうざん》だ！ ボクは直《す》ぐ思った。

　ところが、その景色《けしき》を見ていると、その氷山《ひょうざん》がだんだん、だんだん、ボクの方に近よってくる。氷山だから、潮流《ちょうりゅう》に流《なが》されてくるんだね。それで大分《だいぶん》近よった時に見ると、三角の山と言っても、ズイブンでこぼこしていて、方々が段《だん》のようになっていたり、タナのようになっていたりした。その一つのタナの上に、初《はじ》め白いものが見えて来た。白いものは一つのように見えていたんだが、近くなって見えたらそれは二つらしかった。それが、近くなった時見たら、それは二ヒキの白クマだった。一方は大きく、一方は少し小さかった。キッと親グマと子グマなんだね。二ヒキはスモウをとるように、上になり、下になりして、遊《あそ》んでいた。ボクは面白《おもしろ》かった。それでもっと近よったのを見たら、それはまっ白い、毛のフワフワした、大きなクマだった。目は小さいけれども、ポツリと黒かった。口には白い、鋭《するど》い歯《は》がはえていた。手はふとくて、その先に長いツメが折々《おりおり》毛の中からのぞいた。それが静《しず》かに、しかし、だんだん、だんだん、ボクの方に近よって来た。ボクは恐《こわ》くなった。だって、初めは何百メートルも先にあり、それに海を流れてるんだから、そのまま、ズット先を流れて、また遠くなって行くと思っていた。それなのに、それがボクの真正面《ましょうめん》に迫《せま》ってくるんだ。どうしたらいいだろう。二百メートルになり、百メートルになる、五十メートルにもなった。もう、氷《ひょう》山《ざん》なんか、その頂上《ちょうじょう》が見えなくなるほど大きく前に立ちふさがってしまった。いや、それどころか、氷山の氷《こおり》のカケラが上の方から落ちて来て、ガラガラ言ってとび散《ち》る音さえ聞え出したんだ。どうしたらいいだろう。ボクは苦《くる》しくなった。だって、氷山はもう目の前、手のとどくようなトコロに来ている。クマはボクの頭の上の方にいるのだろうか。その時はもう見えなかった。

するど、ギ　ギ　キイーという音がした。氷山の動《うご》く音だ。氷山は右の方へ動き出してい た。そして次第《しだい》に左の方に海のあおい色が見え出した。ウン、氷原《ひょうげん》の白い色も見え出したんだ。氷山が右の方へ流《なが》れ出したんだね。しばらくすると、氷山はスッカリ右へ、ボクの見えない方へのいてしまった。ボクは、クマはどうしたんだろうと思った。氷山にのっていっしょに流れて行ってるんだろうかと思った。

ところが、よく見ると、氷原を遠い山の方に駆《か》けてるものがある。二つ、白いものが駆けている。クマだ、ボクは嬉《うれ》しくなった。ホッとしたよ。大クマが先になり、小グマが後から、一直線に走っている。次第次第に遠くなる。次第次第に小さくなる。そしてとうとう山の下に見えなくなってしまった。ボクはスーッとして、イキが軽《かる》くなり、熱《ねつ》もひいたように思われた。

「あ――あ。」

ついボクは言ってしまった。すると、おかあさんの声がして、

「どうしたの。夢《ゆめ》でも見た。」

そう言われた。然《しか》しボクはこれからウトウトして、いいキモチで眠《ねむ》ってしまった。目がさめたら、ホントウに熱がさがっていた。

ところが、その翌日《よくじつ》、ボクは同じような、一つも違《ちが》わない夢を見たよ。同じ景《け》色《しき》の中を氷《ひょう》山《ざん》にのって、白クマがやって来て、ボクが苦《くる》しくなると、遠い山へ逃《に》げて行くのだ。そしてボクはホッとしてラクになり、ウトウト眠って、目がさめる。すると、熱がさがっている。どうしたんだろう。夢でなくて、熱に浮《う》かされてるんだと、おかあさんは言われた。

然しその翌日も、ボクは同じ夢を見た。その翌日も見た。ボクはこれを五日も見た。六日だったかも知れない。でも七日目かにそれを見なかったら、おかあさんが、

「今日《きょう》は白クマを見ましたか、見なかったでしょう。」

と言われた。ボクはフシギな気がした。もう忘《わす》れていたんだ。それで、

「どうして、おかあさんにわかるの。」

と、きいて見た。

「そりゃ、わかるわ、だって、三郎《さぶろう》さんの熱《ねつ》、今日《きょう》はあがらなかった。」

おかあさんは、言われた。

「やっぱり熱のせいだったのか。」

と、ボクは思った。然《しか》しもうそれきりボクはその美しい景色《けしき》は見なかった。そしてそれから三日目には床《とこ》の上に坐《すわ》ってもいいようになった。その日、おかあさんはボクの床の前に、ナスビにオハシの足をつけたのを二ヒキおぼんにのせて来て、おいて下さった。大きなのと、小さいのと、丁度《ちょうど》二ヒキの白クマのように。ボクはとても嬉《うれ》しかった。

「畑《はたけ》のナスですよ、三郎さんがねてるうちにこんなに大きくなってしまった。」

おかあさんは言われた。ボクはそれを手にとって、スモウをとらせたり、追《お》いかけっこをさせたりした。

翌日《よくじつ》、もう歩いてもよくなったので、座敷《ざしき》の障子《しょうじ》をあけて、外の畑を見たら、やはり蝶《ちょう》が

来て、ナスの花の上をとんでいた。然《しか》し遠くの空には入道雲《にゅうどうぐも》が出ていて、どこかでセミがジーンとないていた。いつの間にか夏になっていた。

＊1　読本……国語の教科書。

武南倉造《たけなみくらぞう》

＊

そのとき、わたしは御野《みの》高等小学校《こうとうしょうがっこう》一年生というのでした。明治《めいじ》三十四年だったでしょうか。そのころは、高等小学校というのと、尋常《じんじょう》小学校というのとありました。両方《りょうほう》とも四年ずつで、尋常を卒業《そつぎょう》すると、高等へいくようになっていました。尋常というのは、村に一つずつありましたが、高等というのは、郡《ぐん》に一つしかありませんでした。高等小学校というのにいく人は、すくなかったのです。

それにしてもたいへんでした。地図があったら、ひろげてみてください。岡山県《おかやまけん》には、児《こ》明治《めいじ》のころ島湾《じまわん》という湾がありまます。その湾の上のところが、いまは御津郡《みつぐん》といいますが、おおげさでは御野郡《みのぐん》といいました。そこは、南は児島湾《こじまわん》にせっし、北は中国山脈《ちゅうごくさんみゃく》というと、すが、とにかく山になっております。そのあいだが、南北の距離《きょり》十二キロです。東西は八キロでしょうか。郡としてはちいさいものですが、北の山村からくる生徒《せいと》は、秋になるとべんとうのおかずに、栗《くり》やきのこをもってきました。春はワラビやゼンマイや、タラの芽《め》などの煮《に》つけをもってきたのです。

海の村からくる生徒《せいと》は、カキにハイガイ。このハイガイという貝は、どうやら児島湾の特《とく》産物《さんぶつ》らしく、東京《とうきょう》でも大阪《おおさか》でも見たことがありません。とてもやわらかくて、おいしい貝です。海べの子どもは、そんなべんとうのおかずをもってきていました。

わたしは、岡山《おかやま》の郊外《こうがい》、たんぼのなかの農村《のうそん》の子ですから、とくべつにもっていく名物《めいぶつ》のようなものはありませんでした。大根《だいこん》や、ゴボウや、レンコンやニンジンのようなものばかりです。だから、山の子ども、海の子どもの話をきくと、めずらしいことばかりで、とてもうらやましく、そのもってくるものにしても、ほしいものばかりでした。あるときなど、その山の子どものひとりがいうのです。

「きのうな、おれ、カナ山の、のぼり口の森のなかをさがしていて、千本《せんぼん》シメジ見つけたんだ。うれしかったぞう。それでさ、ワアーッ、千本シメジだあ。そうわめいたら、ええっ、どこだあ、千本シメジって、いっしょにいった源太郎《げんたろう》がいうので、こられたらことだと思ったから、ウーソって、そういってやった。なあんだ、ウソかあって、源太郎はむこうへいった。そこでそのあとねんいりに、みんなとってしまった。千本はなかったけど、百本あったな。ずうっと、東西南北、四方八方へ大きいのから、小さいのまで、カサをかぶってぎょうれつしてんのさ。一《ひぃ》や二《ふう》や、三《みぃ》や四《よ》や、かぞえながらとっていった。おしまいには、かごいっぱいになって、はいりきらないくらいだった。

源太郎にはわるかったけど、それきりだまって、うちへ帰ってきちゃった。うれしかったなあ。あそこもう、おれのヒミツの場所《ばしょ》だ。だれにもおしえないんだ。きみもいうな。だれにもいっちゃダメだよ。来年もまたあそこで千本シメジとる。」

順六《じゅんろく》っていう、その友だちは、そういうのです。が、ボクはそんな場所なんかおそわりもしないいし、おそわったところで、いったこともない土地です。わかりっこありません。そこで、

「いうなって、まだ、きみ、場所《ばしょ》をおしえもしないじゃないか。」

そういうと、

「だって、さっきいったろう。カナ山ののぼり口の森って。源太《げんた》なんか、気がはやいんだから、そういうだけで、すぐしっちまうんだ。

いつかなんか、そうだ、去年《きょねん》の秋だ。山でな、おれ、ほおじろの巣《す》をみつけたんだ。木の上の、葉《は》っぱのなかにあったんだ。うれしくってねえ。のぞいてみたら、白いちいさいたまごが五つ。ちょうど、親鳥のいないときで、おれ、よっぽど、そのたまごとってこようかと思ったけど、もう四、五日して、ヒナになったらとってやろうと思って、そのままにしておいたんだ。そのとき、ついウッカリ、源太に話したんだ。

どんなに用心ぶかい人間だって、ウッカリってこと、あらあね。まったくおれウッカリしてたんだな、カナ山の、のぼり口のドングリのしげみに、ほおじろの巣、見つけたって、じまんしたんだ。だけど、おれの見つけた巣だから、いじっちゃいけないって、源公《げんこう》にようく、いっといてやったんだ。

それなのにさ、四日たっていってみたら、巣はもうカラッポ。たまごもなけりゃ、親鳥もいない。おれ、てっきり源公《げんこう》のしわざと思ったから、すぐ源ちへいってみたの。すると、あっこのおかあさんがいったんだ。源は、どっかの森に小鳥が巣《す》をかけてるから、それをとりにいくって、もう一時間もまえに出かけた。あんたもいってみたら、どう。いっしょにヒナでもとっといでって。そんなことをいうんだ。おれ、はらがたって、はらがたって。

　だからフッフいって、もういちど、森のほおじろの巣にいったんだけど、やっぱりカラなんだ。そのへんに、源公いるかと、ゲンコーッてよんでみたけど、へんじなし。それで、あくる日、学校へくる道で、源公にきいたら、あいつ、しらん顔していうのさ。カナ山道のほおじろの巣のことはしらん。おれは、半田山《はんだやま》の森のなかで、ほおじろのヒナ五羽《わ》とって、きのうからうちで飼《か》ってるって。おれもう、くやしくって、くやしくって、あいつと、ケンカしたろうかと思ったけれども、こらえていた。

　だってね、あいつのうちには、おそろしいコッテイ*1がいるんだよ。いつか河原《かわら》へはなしてあったから、おれ、そばへいって、モウウウウっていって、顔をつきだしたら、そいつ、つのをふりたてて、追《お》っかけてきた。こわかったぞう。それからのち、源公のやつ、なにかというと、コッテイをけしかけるっていうんだ。ね、そういういきさつがあるから、千本シメジのこと、だれにもいうなっ。」

順公《じゅんこう》にそういわれて、ボク、千本《せんぼん》シメジのことはわすれることにしたんです。

ところがです。ボクのうちは、明治《めいじ》二十年ごろ、エンピツをつくったことがあったんです。おとうさんが、発明家《はつめいか》だったから、いろいろなものをつくったんです。カンヅメだの、セメントだの、紡績《ぼうせき》なんかもやったんです。そのうちで、いまでもやっているのは、紡績と、それから石油《せきゆ》ランプのしんだけです。ウウン、おとうさんは死《し》んだから、やってるのは、よその人です。

エンピツもカンヅメもセメントもいまはもうやっていません。しっぱいしたのです。しかしそのおかげで、土蔵《どぞう》のすみに、いまでも、つくりかけのエンピツが、三百本も五百本も、たばにして、つみあげてありました。これは、どうにもならないしろものなんです。くずやさえ、買っていかないものなのだそうです。ただ、おじいさんが、カマドの下で、もやすのがおしくて、そこへ、つんであるのです。そこで、ボク、おじいさんにいいました。

「おじいさん、土蔵にあるくずエンピツ、ボクもらっていいでしょう。」

おじいさんがいいました。

「なににするんだ。」

「学校へもってって、栗《くり》だの、キノコだの、貝がらだのと、とっかえっこするの。」

「フーン、じゃ、もってくがいい。しかし、いちどになん十本ともってくでないよ。あれでおまえ、おまえのおとうさんが苦心《くしん》して、つくったものなんだ。しんはまだたいしたことはなかったんだが、そとがわの木のいいのがなくてねえ。苦心さんたん、北海道《ほっかいどう》のほうまでさがしに行ったんだ。

そんなこんなで、うちの相当《そうとう》あったたんぼも、エンピツ製造《せいぞう》のため、半分も売りとばしたのだ。そのエンピツだからねえ。いっぺんになくなるとさびしくなるからね。」

こんなわけで、三本五本と、わたしはそのエンピツをぬいて、学校へもっていきました。ところがそれが、そとがわの木の部分《ぶぶん》はじつにかたくて、けずりにくいのです。

そこをよくきれる小刀で用心してけずると、なかのしんはとてもやわらかくて、字を書いても、絵をかいても、こい色がらくらくと紙にうつりました。それに、そのころとして、とてもめずらしく、赤と黄との二つの色があったんです。だから、教室で、友だちに見せたら、みるまに、そのうちの六本は、友だちの手にわたってしまいました。

まず赤と黄色の二本は、いまの山のほうからきている順六《じゅんろく》です。かれは、わたしに丹波栗《たんばぐり》十五と、千本《せんぼん》シメジ十五もってきてくれるやくそくをしました。

つぎの二本は、順六が話していたあの源太《げんた》です。ほおじろのヒナを一羽《わ》もってくるやくそくです。もっとも、順六の話というのは、それは去年《きょねん》の話で、そのヒナは二、三日でバタバタ死《し》んでしまったそうです。だから、こんどは、死なないやつをもってくると、かたくやくそくしました。

もう二本は、海のほうの友だちです。大坪《おおつぼ》といいました。かれは、生きている子どものタコのはいっている、タコつぼをもってくるというのです。これには、わたしはエンピツ五本やってもいいくらいに思いました。だって、

「子ダコはな、まだちいさいんだぜ。頭なんか、これくらい。」

そういって、指《ゆび》でまるをつくって見せました。

「足なんか、これくらい。」

またそういって、指で長さを見せました。それが、かた手のおや指とひとさし指をのばしたばかりですから、まるで三*2寸《ずん》くらいしかないタコの足なんです。してみると、その子ダコ、

よっぽどちいさいタコなんです。わたしが、

「まだあかんぼうのタコなんだね。」

そういうと、その友だち、

「そうなんだよ。だから、こっちで指《ゆび》をだすと、ちいさい頭をおったてさ、そのほそい、みじかい足で、からみついてくるの。とってもかわいいんだぜ。タコつぼのなかへ、塩水《しおみず》をつくっていれとけば、なん月《つき》でも、そこで生きていて、そして大きくなっていくそうだよ。」

友だちが、そういうものですから、

「エサなんかいらないのかい。」

そうきくと、

「エサのことはきかなかったなあ。大きなタコが、海岸《かいがん》のはたけへあがってきて、サツマイモをほって、食べてたという話はきいたことがあるけれど、子ダコがなにをくうかなあ。あすでも、うちできいてきてやらあ。」

そういう話でした。

しかし、わたしは、うれしく、たのしく、学校から帰る道みち、しぜんニッコリするくら

いでした。家に帰っても、おかあさんにいいました。

「おかあさん、いいことがあるの。しっていますか。」

「しらないねえ。」

「じゃ、おしえてあげる。ボク、けさ、うちのエンピツのできそこない、あれをおじいさんにいって、六本もらっていったんです。その六本を、学校で友だちにみせたら、くれくれ、くれくれ、いわれて、とうとう、いろんなものと、とっかえっこのやくそくしちゃった。それがおかあさん、とっても、いいものなの。しってる、しらない。あててごらんなさい。海にいてさ、足がある魚なあに。」

おかあさんは、ニコニコしました。

「エビ。」

「ちがう。」

「じゃ、カニ。」

「ちがう。」

「じゃ、なにかなあ。」

「まあるい頭があって、よく絵にかいてあるでしょう。口をとんがらせて、ハチマキをして、おどってる魚。わかんない。」

「わかったあ。タコでしょう。」

「そう、タコぼうず。八本足のタコぼうず。それをボク、あしたもらってくるの。タコつぼといっしょに、もらってきて、庭《にわ》の鉢前《はちまえ》で飼《か》っとくの。塩《しお》を用意《ようい》しといてね。塩水《しおみず》つくらなくちゃ。それから、まだもらうものあるの。こんどは山のもの。山で森のなかを鳴きながらとんでるもの、なあに。それを一羽《わ》くれるって。」

「さあ、なんだろうな。とんでるものなら、鳥にちがいないね。あんたの友だちがくれるものなら、まさか、わしやたかじゃあるまい。だったら、めじろか、すずめか、もずの子か。それともせきれい、まあ、そんなところね。」

「ちがう。」

「じゃ、おながか、むくどりか、こがらか、ほおじろか。」

「あたった。ほおじろの子。」

「しかし、あんたによく飼いこなせるかねえ。」

ま、こんなありさまで、ボクは夜、なかなかねつかれなくて、ねむったと思ったら、夢《ゆめ》を見ました。舞台《ぶたい》のようなあき地に、一本の木がたっております。かごのなかに小鳥がおります。いわずともそれはほおじろです。チョンチョン、とまり木からとまり木へとんでおります。すると、その木の根《ね》もとから、ちいさなタコが、八本の足を木にからめて、のぼっていきます。ほおじろをとりに行くのです。タコの目はとび出し、タコの口はとんがっておりま す。コラッ、コラッ、ボクはよびました。それで目がさめたのです。

朝になって、学校へいくとき、かごをもっていこうか、ふろしきをもっていこうか、それとも紙箱《かみばこ》のようなものをもっていこうか。いろいろ考えたのです。とにかく、きょうは、ほおじろと、タコをもってくるのです。あまり目にたつものは、先生の目にとまって、しかられるかもしれないと思って、すこし大きめのふろしきを、学校の道具《どうぐ》といっしょに、つつんでいきました。

教室へはいろうとしたとき、そこの戸口であの海の子の大坪《おおつぼ》にあったんです。

「オッ、大坪っ。」

思わずわたしは、そういったのですが、かれはだまって、そとのほうへかけだしていくのです。

「オーイッ。」

わたしはよびとめたのですが、かまわずやつはいってしまうんです。それで、とにかくわたしは、自分の机《つくえ》のところにいき、つつみを机のなかにしまいました。そして、いすに腰《こし》をかけ、教室のなかを見わたしました。山の子たちをさがしたのです。すると、いちばんむこうの列《れつ》のうしろのほうに、その源公《げんこう》がおりました。

「おい、源ちゃん。」

わたしはよんで、そっちへあるいていきました。すると、源太《げんた》はいうのでした。

「おう、あのほおじろの子な。あれ、うちのおかあさんが、いま、人にわたしたら死《し》んでしまうっていうんだ。一週間ほどまってくれよう。そうしたら、つぶえでも、ねりえでも、食べるようになるからね。いまはまだ、たまごの黄味《きみ》なんか、はしでつまんで食べさせてんだぜ。」

「フーン。」

わたしは、なにか気のぬけていくような気持《きもち》がしました。それでその源公の二、三列まえにいる、順六《じゅんろく》のところへいきました。すると順六はだまって、紙につつんだものをだして、わたしに、わたしました。

「なあに。」

わたしがいうと、

「やくそくの栗《くり》さ。」

「丹波栗《たんばぐり》。」

「ウウン、丹波栗、帰ってみたら、にいさんがみんな食べて、もう一つぶもないってさ。しかたないから大いそぎで、うらの山へいき山栗《やまぐり》をひろってきたのよ。そのかわり三十くらいはいってら。それから千本《せんぼん》シメジね。ないんだ。山にも、うちにも、はたけにも、一本もまだはえとらん。これだけは、はえとらんものを、どうすることもできないやね。そのうち、めっけて、とってきてやら。まっててくれ、なあ。」

というようなわけで、わたしの失望《しつぼう》らくたんを思ってみてください。本やべんとう箱《ばこ》といっしょにつつんできた、ふろしきのやりばにこまりましたが、どうにもなりません。それで、順六にもらった紙づつみを、机《つくえ》のところでそっとひらいてみました。ほんとうに、三十くらいはいっているのですが、そのかわり、その小さいことといったら、そらまめか、だいずくらいです。

「なんだい、それ。」

そう、となりの席《せき》の友だちにいわれて、わたしは、それをかれのほうへさしだしました。いまはどうですか、そのころの学校の席は、ふたりずつならんでいたのです。それで、そのとなりにわたしとならんでいたのが、武南倉造《たけなみくらぞう》なんです。わたしがいってた、石井《いしい》尋常《じんじょう》小学校からきた生徒《せいと》ですから、村だって、石井村《いしいむら》です。そしてわたしは大字島田《おおあざしまだ》というところで、かれは大字三《おおあざみ》門《かど》というところでした。島田はたんぼのなかの村、三門は街道《かいどう》すじの村でした。で、その二つの村はあるいて十分とかからないところでした。

ところでそのかれです。かれはがんらい、なんでもズケズケいうたちでしたから、その栗《くり》を見るといいました。

「なんだい。これ栗かあ。ちいさい栗だなあ。やせ栗だよ。なかみより皮《かわ》のほうがかさばってるぞう。だれがくれたんだい。なにい、牧石《まきいし》の順六《じゅんろく》。ケチなやつだな。」

大きな声でいったもので、それは教室いっぱいに聞こえました。順六にも聞こえました。

だから順六《じゅんろく》、だまっておりません。

「ナニイッ、なにいってんだい。」

そういってたちあがり、わたしたちの机《つくえ》のほうにあるいてきました。

「この栗《くり》、ちいさい栗だっていってるんだ。」

武南《たけなみ》がいいました。

「ちいさくてもいいじゃないか。武南にやったんじゃないもの。いらぬせわするなよ。」

「いらぬせわするよ。おれだったらこんな栗なら、百もってきて、頭をさげるよ。ちいさい栗ですまん。すまぬがかんべんしてくれ。なにしろ牧石《まきいし》というところは、下下の下国《*3げこく》で、野菜《やさい》、くだもの、米、麦、材木《ざいもく》、なにもかもふできのところだ。

ほんとうは、これの五倍《ばい》も十倍もある大栗《おおぐり》をもってくるつもりでいたんだが、牧石じゅうの山をたずねさがしたけれど、そんな栗、一つぶも見つからなかった。おちてる栗、なってる栗、みんな、このようなこつぶばかりだった。そのかわり百とってきた。かずの多さでかんべんしてくれ、ま、そういって、頭をさげるな。百なかったら、きのうのエンピツかえすよ。どうだ、順公《じゅんこう》、わかったか。」

武南《たけなみ》は、気性《きしょう》もつよい子でしたが、とても口のたつ子でしたから、こんなにまくしたてて、順六《じゅんろく》をこまらせました。口べたの順六はムッとしてきき、しばらくだまっていました。

それから、なにか決心《けっしん》したらしく、自分の机《つくえ》のところにいって、きのうのわたしからせしめたエンピツをとってきました。そして、それを、武南のまえにつきだしました。

「じゃ、武南、これをやらあ、やるから、あす栗《くり》を百とってきてくれ。」

そういうのでした。

「いやだっ。おれはそんなエンピツなんかほしかないよ。ほしければ、百の栗ももってくるけど、ほしくないんだから、一つの栗だってもってこないよ。」

「そんな自分でもってもこられないのに、おれの三十の栗にもんくをつけなくてもいいだろう。」

「つけてもいいよ。おれんところは三門《みかど》だろう。山に栗なんかないんだ。千本《せんぼん》シメジだってないんだ、そんなのが、おまえんちのほうのようにあってさ、そしてエンピツがほしかったら、きみの倍《ばい》も三倍ももってくる。そうでなくちゃ、この丈二《たけじ》がきのどくだ。かあいそうだ。そう思わないか。」

すると、順六《じゅんろく》はエンピツをわたしのほうにつきだしました。

「じゃ、これ、きみにかえす。」

「いいよ。おれ、ちいさくてもこの栗《くり》三十でいいんだ。」

「だって、武南《たけなみ》がやかましいだろ。あんなことといわれて、おれだまってるわけにいかないもの。」

そこでボクはいいました。

「武南、きみのことじゃないんだ。かんべんしてやれよ。」

「そうか。きみがそういうんなら、これいじょういってもしかたがない。いうのよすよ。しかし順公《じゅんこう》、千本《せんぼん》シメジ、ほんとうにもってこいよ。もってこなかったら、丈二《たけじ》はかんべんしても、おれがかんべんしない。」

そういって、しかし、かれ、すこし顔いろをやわらげたもので、そのへんにいたみんながわあわあわらって、席《せき》につきました。

そのとき板木《ばんぎ》が鳴ったのです。時間がきて、先生のこられるときになったのです。板木というのは、あつい四角な板を、軒下《のきした》のようなところにつるして、それを木のつちでたたくのでした。そうすると、それが、カーン、カーンと鳴って、いまごろのりんのかわりをしました。とても遠くまできこえて、わたしなどいまごろのりんより、いいように思います。

＊

ところで、そのあくる日です。武南《たけなみ》はくるがそうそう、山村の順六《じゅんろく》にいいました。

「こら、順六、千本《せんぼん》シメジどうした……。」

「まだまだ。こんな天気じゃ、キノコもそだたないんだ。それに日曜でなくちゃ、とるヒマがない。」

「よし、じゃ、こんどの月曜にはきっともってこいよ。」

順六にそういうと、源太《げんた》によびかけました。

「おいおい、ほおじろの子、どうした。」

「まだまだ。おとといか、丈二《たけじ》にそういってあるんだぜ。もうすこし大きくならないと、とても、丈二なんかに飼《か》いこなせないって。つぶえでも、ねりえでも食べるようになってから、ここへもってくるやくそくなんだ。」

「フーン、とにかくはやくもってこい。丈二《たけじ》はおとなしいから、おれがさいそくやくをひきうけたんだ。」

つぎには、海の村の大坪《おおつぼ》です。

「こら、大坪、タコはどうした。もってきたかい。」

大坪は頭をかいて見せました。

「ダメダメッ。丈二は人がいいんで、みんなが、だまそう、だまそうとしていやがるんだ。丈二はだまされても、おれはだまされないよ。おれは、きのうから丈二んちの番頭《ばんとう》になったんだ。みんなやくそくはまもれよ。いいか。」

どうも、えらいことになりました。どうして、こんなことになったのか、はじめわたしはそんなこと、想像《そうぞう》もしなかったのです。武南《たけなみ》は、たしか、らくだいした子どもで、わたしより一年、年長だったのです。

そのころの小学校はなかなかきびしくて、ちゃあんと、しけんをやって、成績《せいせき》がわるいと、らくだいさせました。それで各学年《かくがくねん》とも、ふたり三人、かならず、らくだいがありました。武南もそのひとりだったのです。しかし、そのときは、もうかれと一、二年同級《どうきゅう》だったようです。それが、こんなに、わたしの番頭《ばんとう》だなんかいって、おおいに力をいれてくれようとは、思ってもいませんでした。それがなぜですか、このエンピツもんだいで、かれはおおいに、はりきりだしたのです。

その日が土曜だったのでしょうか。一日おいた月曜日、いってみると、もうかれはきていて、大きな声で話していました。そして、

「おう丈二《たけじ》、まってたぞ。きょうもあの連中《れんちゅう》な、きっともってこないよ。そうしたら、おれ、一つずつゲンコツをくれてやろうと思うんだが、どうだろ。」

わたしが教室にはいると、そう、もちかけてきました。そこで、

「いいよ。そんなことしなくても、エンピツなんか、おれんちにたくさんあるんだもの。」

そうわたしがいうと、武南《たけなみ》には、これはどうも気にいらないらしく、

「そうさ、エンピツは、きみんちにたくさんあるだろう。しかし、やくそくは一つだぜ。源《げん》太《た》、順六《じゅんろく》、大坪《おおつぼ》、みんな一つずつやくそくしたんだろう。それを破《やぶ》られたら、やくそくだいなしだ。このあいだも、いったとおり、きみがゆるしても、おれがゆるさん。きょう、もってこなかったら、ゲンコツだ。一つ、コーンとやったる。」

かれはゲンコツをにぎって、わたしのまえにつきだして見せました。ところが、ちょうど、そこへ、大坪《おおつぼ》がやってきたのです。

「こらっ、大坪っ。」

武南《たけなみ》はすかさず、声をかけました。

「タコはどうした。もってきたかあ。」

大坪はへんな笑顔《えがお》をして、やはり頭をかいて見せました。

「あれだあ。あいつ、まったくずるいんだから、一つやったろう。ほうっとくと、くせになる。」

そういうと、武南は大坪の机《つくえ》のところへいきました。いったかと思うと、

「タ、タ、タ、タ。」

大坪の声がしました。見ると、武南が、ひだり手で、大坪のはなを、つまんでいるのです。みぎ手はゲンコツをにぎって、大坪の目のまえへつきつけております。これは武南とくいの戦法《せんぽう》なんです。

「こら、タコをもってくるくるといって、もう三日目だぞ。」

「ナッテ、ダゴガ、ドレナインダ。」

「ナッテ、ダゴガ、ドレナクテモ、はやくもってこいよ。あす、もってこなかったら、このゲンコツ三つだぞ。」

そういうと、もうひたいの正面《しょうめん》に、それを一つ見まっていました。これはひたいをこするようなゲンコツで、武南《たけなみ》のスリゲンといって、有名《ゆうめい》だったのです。これで武南は大坪《おおつぼ》をゆるしました。ところがそのとき、山村の源太《げんた》がきました。さっそく武南は、その源太のはなをつまみ、ゲンコツを目のまえにつきつけ、

「こら源太、ほおじろの子、まちがいないだろうな。」

「マジガイナイ、マジガイナイ。」

「じゃ、あすもってこい。もってこなかったら、ほんとうにこのゲンコツ三つだぞ。」

大坪とおなじところへ、おなじやつを一つみまいました。源太の顔が、のけぞるようなやつです。

そこへ、やはり順六《じゅんろく》がやってきました。順六もおなじ目にあわせました。すると、板木《ばんぎ》が鳴り、時間がはじまりました。それから、三時間、ひるめしまでは、なにごともなかったの

です。で、べんとうを食べて、わたしも武南《たけなみ》も、運動場《うんどうじょう》へでてあそびました。

一時の板木《ばんぎ》で、机《つくえ》のところに帰ってみると、どうも机のふたがへんなのです。あけてみると、なかがすこし、らんざつになっております。筆《ふで》づつが、あいていて、なかにいれてあった、わたしんち製《せい》のエンピツ五本がなくなっていました。

「おれんちのエンピツ五本とられちゃった。」

わたしがちいさい声で、武南にしらせました。武南も、机のなかをさがしていましたが、

「おれのとこは、エンピツけずりの小刀とられちゃった。」

そういいました。しかし先生が教壇《きょうだん》の黒板《こくばん》のまえにおられるのですから、それいじょういえません。ふたりは国語読本《こくごどくほん》をだして、おしいただいて、机のうえにおきました。

そのころは、読本でも理科でも、どんな本でも、机のなかからだして上におくときには、こうして、おしいただいたものであります。

さて、時間がすんで、先生が帰られると、ふたりはすぐ相談《そうだん》しました。

「きっと、あの連中《れんちゅう》だ。」

連中というのは、けさ、武南にはなをつまれた三人です。

「どうしてやろう。いって、ゲンコツくらわしてこようか。」

武南《たけなみ》は、もうゲンコツをにぎってたちあがりかけていました。しかし、そうとはっきりわかりもしないのに、そうするわけにもいきません。

「だけど、あの連中《れんちゅう》かどうか、まだわからないじゃないか。」

わたしがいうと、武南はいうのでした。

「あの連中にきまっとるよ。」

「しかし、あの連中をくらわしたって、エンピツも、小刀も、もどってこやしないよ。それより机《つくえ》に錠《じょう》をおろす法《ほう》ないじゃろうか。」

「それだっ。おれ、もうだいぶんまえから、それを考えてたんだ。それをやるか。そうすりゃ、こんごだいじょうぶだからな。じつはおれ、うまい方法《ほうほう》、思いついてるんだぞう。」

そういって、武南はまた机のなかをかきまわしていましたが、

「そうだ。その錠をつくろうと思って、おれ、キリのついた小刀をもってきていたんだ。それをやつらにとられてしまったんだ。丈二《たけじ》、きみの小刀かせよ。」

わたしの小刀も、そのころはやりの、キリつきでした。しかし、そのキリというのが、紙

をとじるキリですから、木にあなをあけるとなるとたいへんです。で、かれはそのキリのさきを、自分の机《つくえ》のわき腹《ばら》のようなところにつきたて、それをキリキリ、力をこめてもみました。さきをふかくおしこみました。

「どうするんだい。」

わたしがきくと、

「見とれ、見とれ。うまくいったら、先生だって、だれだって、この机、ぜんぜんあけられないようになるんだぜ。」

かれはそういいながら、キリのさきをいっそう力をこめておしこみました。つまり、そのキリのさきは、机のそとがわから、机のふたの横《よこ》につきささるわけなのです。だから、机とふたをくしざしにして、ふたが、あがらないようにするのでした。

時間がおわっていたので、みんな、運動場《うんどうじょう》にでていました。教室にいるのは、わたしたちふたりだけでした。

「だけど、武南《たけなみ》、いつも、そんな小刀をそこへつきさしとくわけにはいかんだろう。だれが見ても、それでふたがひらかないことは、すぐわかってしまうぜ。」

わたしがいうと、武南《たけなみ》は、ニコニコしながら、

「バカッ、こんな小刀なんかつきさしときゃあしないよ。ここへはな、クギをさしとくんだ。それも、頭のない、目だたないクギをさしとくんだよ。な、わかったか。」

こんなことをいいました。ところが、放課時間《ほうかじかん》でも、ときどき教室へはいってくるものがあり、

「なにやってんだい。」

とよってきました。すると、武南は、

「なんでもいいわい。あっちいけ、あっちいけ。」

と、はげしくおっぱらいました。そんなことが、二、三度《ど》あって、やがて板木《ばんぎ》が鳴って、時間がはじまりました。そのあいだ錠前工事《じょうまえこうじ》はお休みです。しかしそれまでに、武南は、自分の机《つくえ》に二つあなをあけ、二カ所《しょ》にクギがさせるようにつくっていました。つぎの放課時間は、わたしのばんです。わたしはぶきようなもので、武南はそばについていて、てつだってくれました。やっと二つのあながあきました。もうだいじょうぶです。あとは、クギをもってきて、そこへつきさしさえすれば、いいのです。

「クギは、おれがもってくるからね。二寸長《すん》さがあればいいやね。」

こうわたしはいって、心もかるくうちへ帰りました。二寸クギを四本、頭をカナヅチでたきつぶして、よく日、わたしはもっていきました。あなへいれてみれば、ピッタリです。ふたはもうガタリともしません。武南《たけなみ》とわたしはかおを見あわせてニッコリしました。

「どうだい。なあ。」

武南がそんなことをいったようでした。ふたりともとくいで、そして満足《まんぞく》だったのです。ところが、そのつぎの放課時間《ほうかじかん》でしょうか。そとであそんでいると、友だちがよびにきました。

「おい、先生がよんでるぞ。教室へこいって。」

どうも不吉《ふきつ》な感《かん》じがしました。なんでしかるんだろう。思いあたることが一つもないのに。わたしはそう思いながら、教室へ、はしっていってみると、机《つくえ》のところに、先生と武南がたっております。

「山川《やまかわ》、机をあけてごらん。」

先生が、わたしにいいました。わたしはだまって、机のクギをぬいて、ふたをあげました。

先生は机《つくえ》のなかをのぞいて、本を二、三度《ど》いじっていましたが、

「なんで、そんなクギなんかさしとくんだ。」

そうききました。とっさに、わたしは、へんじができなくていると、

「ものがなくなるからです。」

武南《たけなみ》が、きっぱりいいました。

「なにかなくなったのか。」

「はい、ボクは小刀が一つなくなりました。山川《やまかわ》は、エンピツが五本なくなったのです。」

「エンピツが五本。いつなくなったんだ。」

「きのうです。」

「小刀もエンピツもきのうなのか。」

「そうです。だからボク、山川と相談《そうだん》して、机に錠《じょう》をおろしたんです。」

「しかしエンピツ五本はすこし多すぎるな。山川はどうしてそんなにたくさんエンピツをもってきていたんだ。」

先生にこういわれて、まずいことになってきたと思いました。しかし、だまっているわけ

にはいきません。ポツリポツリ、わたしは、栗《くり》とシメジ、ほおじろとタコの話をしました。

これで、たいへんなことになりました。順六《じゅんろく》、源太《げんた》、大坪《おおつぼ》、みんなよばれてきたのです。

「三人は、山川《やまかわ》からエンピツをもらったろう。」

先生がいいました。

「はい。」

「はい。」

「はい。」

三人はへんじをしました。

「ここへ、もってきてごらん。」

すぐ三人は、自分の机《つくえ》のなかからとってきました。

「そのかわり、山川になにをやるやくそくしたんだ。」

「はい、丹波栗《たんばぐり》十五と千本《せんぼん》シメジ十五です。」

「ほおじろの子一羽《わ》です。」

「タコの子ども一ぴきです。」

「それで、もってきたのか。」

「栗《くり》だけです。あとはもってきません。」

これは武南《たけなみ》がいったのです。それで、

「武南はだまっておいで。」

と、先生にしかられました。それから先生は、

「武南のいうとおりなんだね。」

といいましたが、みんななんともいいません。

「どうしてもってこないんだ。そんなウソをいっては、ウソつきになる。ウソつきはどろぼうのはじまりというぞ。おまえたち、どろぼうになる気か。」

先生にこういわれると、大坪《おおつぼ》がいいました。

「タコが、なかなかとれないんです。とれたらすぐもってくるつもりなんです。」

すると、源太《げんた》もいいました。

「ほおじろの子はまだちいさいんです。つぶえを食べるようになったら、もってくるやくそくなんです。」

「千本《せんぼん》シメジが、毎日いってみるんだけど、去年《きょねん》のところに、はえてこないんです。はえたら、ボクもすぐもってくるつもりです。」

順六《じゅんろく》がいいました。

「それなら、なにもいうことないじゃないか。」

つい先生はそういわれました。すると、大坪《おおつぼ》がいいました。

「それなのに、武南《たけなみ》がボクらのあたまをぶったのです。はなをつまんで、スリゲンをくれたのです。」

「武南、どうしてそんなスリゲンなんかくれたんだ。エンピツは山川《やまかわ》のものだし、三人がしたやくそくは、山川とのやくそくじゃあないか。おまえと関係《かんけい》ないじゃないか。」

先生がいうと、武南はいうのでした。

「だって先生、こいつらウソつきなんです。タコがとれたらだの、ほおじろがつぶえを食べたらだのいって、もう五日も六日も、もってこないんです。はじめは、あすにも、もってくるような顔して、エンピツもっていったんです。ボクはそばでみていたんです。そんなウソつき、ボクは大きらいですから、スリゲンをくらわしたんです。きょうもってこなかったら、三つくらわすやくそくなんです。」

「はげしいね。それはそれとして、しかし、武南《たけなみ》たちが、机《つくえ》にあなをあけたのは、どうしたわけだ。」

こうなると、武南は、いっそうはげしくなりました。

「ボクがゲンコツをくらわしたので、三人がボクの小刀と、丈二《たけじ》のエンピツをとったか、かくしたかしたんです。とにかく、見えなくしたんです。そこでボクたち、机が人にあけられないように、クギをさしたのです。」

「大坪《おおつぼ》たち、そうかね。小刀とエンピツを、三人でかくしたのか。」

「いいえ、ちがいます。ボクたち、そんなエンピツも小刀もしりません。とりもかくしもしませんよ。ねえ、そうだねえ。」

大坪は、源太《げんた》、順六《じゅんろく》にこういいました。

「だってなくなったんだもの。おれが、スリゲンをくらわしたあと、すぐもうなくなったんだもの。きみたちいがいに、だれがおれの小刀や山川《やまかわ》のエンピツをとる。きみたちにきまってるよ。」

こう武南《たけなみ》がつよくいって、先生をそっちのけにして、いいあいになりました。武南はいいつづけました。

「おれはすぐ、きみたちのはなを、もう一度《ど》つまみにいったろうかとおもったんだけれど、山川《やまかわ》がしょうこがないというもんで、あととられない用心に、机《つくえ》にあなをあけて、錠《じょう》をおろすことにしたんだ。先生、こいつらきっとボクの小刀と山川のエンピツかくしてるんです。よくしらべてください。」

こんなことになって、先生もてあまされたのでしょうか、

「困《こま》ったね。」

そんなことをいって、すこし笑《え》顔《がお》をされたようでした。そして、いままで、わたしたちの机のそばにたっておられたのですが、まえの席《せき》のいすに、腰《こし》をかけられました。

そのとき、どうしたことか、先生は、なんのきなしに、そこの机のふたをとられたのです。そこは、もう何カ月もやすんでいる生徒《せいと》の席で、あいている机だったのです。ところが、そこに、小刀とエンピツがはいっていました。それはわたしたちの、小刀とエンピツだったのです。

「これはどうしたんだ。」

先生がいわれました。

「あれえ、そんなところにいれてやがった。」

武南《たけなみ》がいいました。わたしもそれにつられて、

「ちっともしらなかったなあ。」

そういったのですが、これで、一ぺんにわたしたちがわるいことになりました。

「武南と山川《やまかわ》は、友だちにスリゲンをくれたり、学校の机《つくえ》にあなをあけたりして、わるいことをしました。その罰《ばつ》として、きょうから一週間、毎日のこって、掃除《そうじ》当番《とうばん》をしなさい。いいですか。では、よろしい。」

これで、その裁判《さいばん》はおわりました。

まったくわたしたちは、バカを見ました。わるいのはなんと考えても、順六《じゅんろく》、源太《げんた》、大坪《おおつぼ》たちです。それなのに、こんなことになりました。

「山川、どうする。」

ふたりだけになったとき、武南がいいました。

「どうするって、当番するよりしかたがないよ。」

わたしはいったのですが、武南《たけなみ》は、

「おれは帰る。そんなことができるか。」

そういいました。そしておしまいの時間がすむと、先生のところへ、でかけました。

「先生、うちのおとうさん、病気《びょうき》なんです。くすりをとりにいかなければなりませんから、帰らせてください。」

そういうのでした。

「じゃ、帰りなさい。」

ペコリとおじぎをすると、かれは、はしるようにでてきて、そのそとにいたわたしに、大声で話しかけました。

「おうい。山川《やまかわ》、おれ帰るぜ。おとうさんが病気なんじゃ。ほんとうだよ。ウソじゃないよ。おれ、くすりをとりにいかなくちゃならないんだ。山川も、だれか、病気の人を思いだしてみろ。おかあさんなんか、どうなんだい。病気じゃないのかい。病気だったら、おれが先生にそういってやる。えんりょすんなよ。」

しかし、わたしのうちには、ひとりも病人《びょうにん》がいませんでした。考えても、考えてもいませんでした。

「いないなあ。」

そういうと、武南《たけなみ》は、

「うちのおとうさん、ちかごろ病気《びょうき》ばかりで、おれ、くすりとりどころじゃないよ。かわりに馬方《うまかた》なんかやるときがあるんだぜ。ほんとだぜ。くすりとりなんか、らくなものさ。」

そんなことをいって、本とべんとうのふろしきづつみを、こわきにかかえてでていきました。

＊

武南はそれからのち、どうしたことか、学校にこなくなりました。おなじ村のもののいうのに、

「どうも、おとうさんが病気らしい。それで村のものが武南が大きな馬のたづなをとって、鈴《すず》をならしならしあるいていくのを見たそうだ。ちいさいくせに、まるで馬子歌《まごうた》でもうたい

そうだったとよ。」

そんなことでした。それから十日もたったとき、大きな馬をひいた子どもが、放課時間《ほうかじかん》に、正門からトッコ、トッコ、学校のグランドへ、はいってきました。みんなが、なにごとがおこったかと、馬のまわりにあつまってきました。わたしも、かけていったのです。

ガヤガヤみんなが、おおさわぎするなかから、見れば、子どもは、武南《たけなみ》なのです。十二月に近いのに、素足《すあし》にわらじをはいており、からだは、ちいさいハラカケに、ちいさいハッピ姿《すがた》です。みんなを見まわして、ニコニコわらっております。馬には、そんなにおもくはなさそうな、俵《たわら》が二俵《ひょう》、ふりわけにつんであります。わたしが、

「武南っ。」

と、声をかけますと、

「おお、山川《やまかわ》、おれ、みんなどうしてるかと思って、学校へきたくてなあ。きょうは、ここをとおりかかったからよったんだ。」

そういってじょうきげんです。運動場《うんどうじょう》*1のカナ棒《ぼう》のはしらに、馬をつなぐと、馬がべらぼうに大きく見えました。ことに、フンをボタボタおとしたとき、そのしりの大きく見えたこと、

これをかこんで見ていたひとりが、

「あっ、大きなフン。」

というと、とりかこんでいるみんなが、ワアと大わらいになりました。

「あっ、大きなおしり。」

と、またひとりがいいました。みんなは、

「大きな馬だなあ。」

と、とても感心《かんしん》しました。しかし、そのとき、武南《たけなみ》が、ハッピにわらじ姿《すがた》で、カナ棒《ぼう》にとびつき、へたなしりあがりをしました。これには、またみんなおどろいて、

「ハハハハハハ。」

「ワッハ………。」

などと、大口をあけて、わらいました。さむくないのか、ハッピの下は白地の木綿《もめん》のパンツ一つなんです。とにかく、こっけいなしりあがりでした。

そうして武南は、カナ棒のうえにのぼると、馬のせなかが、すぐちかくになりました。そこで、馬のタテガミをつかんで、馬をそばにひきよせました。そして、たづなをとって、つ

んである俵《たわら》の上にのり、チョコンとあぐらをかきました。それから、

「チッチッチ、チッチッチッチ。」

かれはまるで、おとなのように、舌《した》をならせたのです。すると、馬がノソリ、ノソリあるきだしました。よほど、としよりの馬と見え、とてもおとなしいのです。かれのたづなにしたがって、四角な校庭《こうてい》をなんとものんきそうに東から西へ、西から南へと、すみからすみへ四角にあるきました。物見《ものみ》高《だか》い生徒《せいと》たちは、とおまきにして、それにしたがい、何十人とついてあるきました。

そのとき、ざんねんなことに、カンカンカンカン、板木《ばんぎ》が鳴り、みんな校庭にならびました。時間がきたのです。級長《きゅうちょう》の号令《ごうれい》で、つぎつぎ、教室にはいっていきました。

武南《たけなみ》は、馬をかたすみにとめて、自分はやはり俵《たわら》にのって、そのありさまをながめていました。

わたしは、武南が、かあいそうに思われました。しかし、ちょっとたって、まどのそとを見ると、そこにやはり武南は馬の上の俵にのったまま、教室のなかをのぞいていました。先生が、黒板《こくばん》に書かれる字をよみ、その声をねっしんにきいているようすでした。

しかし、武南《たけなみ》と馬がそこにいると、教室のみんなが、そっちに気をとられて、ともすれば目がそっちのほうへいってしまいます。先生も、その武南が気になってならないらしく、しばらくすると、まどのところへ、いかれました。そして、

「武南、はよう馬をひいて帰らないと、おとうさんにしかられるぞ。」

そういわれました。

すると、

「おとうさんは、病気《びょうき》なんです。」

「それじゃ、その俵《たわら》をはこぶようたのんだのは、だれなの。」

「それは一《いち》の宮《みや》の酒屋《さかや》です。」

「じゃ、一の宮の酒屋でおこるだろう。」

「夕方までに帰ればいいんです。」

「そう。しかし、ほんとうはね、武南にそこにおられては、先生は教えにくいし、生徒《せいと》はおそわりにくいんだよ。」

「そうか、先生、そうなんですか。それならはやくそれをいえばよかったんだよ。おれ、む

こうへいってます。」

そういうと、武南《たけなみ》は、カナ棒《ぼう》のところへいって、それを台にして、馬からおりました。

そして、そこに馬をつなぎました。自分はどこかへいったらしく、みえなくなりました。

ブランコがキイキイなりだしたところをみると、ブランコにのってるのかもしれません。

ところが、しばらくすると、カナ棒につないである馬が、たいくつしたとみえて、その綱《つな》をギッ、ギッ、ギッと音をさせてひきだしました。いや、どうしたはずみか、その綱に足をかけて、こまっているようすです。また教室のみんなが、そっちに気をとられだしたのです。

それで、

「山川《やまかわ》。」

先生がよびました。

「おまえ、武南をさがして、あの馬をどうかするように、いっておいで。」

「はい。」

わたしは、そとへかけだしました。みると、やはり武南はブランコに腰《こし》をかけて、いい気《き》持《もち》らしく、目をつぶって、ゆれております。

「おい武南《たけなみ》、先生が、馬をどうかしろとさ。」

こういうと、ニコニコして武南が、

「山川《やまかわ》、おれな、もしかすると、もう学校よすかもしれないんだ。それでな、きょう、学校へきてみたら、学校って、ほんとにいいところだ。帰ろうか、帰ろうかと思っても、帰れないんだ。先生にそういってくれよ。もうすこしおらせてくれってな。もうすぐ、おしまいになるんだろ。それまでおらせてくれってな。」

「よし、よし。」

わたしは、かけて帰って先生にそのことを報告《ほうこく》しました。すると先生は、

「そうか、なるほど、武南でもそうかね。それじゃ、武南に教室へはいれって、そういってきなさい。馬をよくつないでね。」

そういいました。わたしが、武南にそういうと、武南はそれでも自分の姿《すがた》をちょっと、みてみるふうでしたが、

「そうかい。先生そういったか。フフフフ。」

そんなことといって、馬をしっかりくくりなおし、わらじもぬいで、教室へはいってきまし

た。はいったところで、きまりわるそうに、ペコリとおじぎをして、頭をちょっとかいてみせました。それで教室じゅう、またワアッと声があがりました。

しかしかれは、わたしのとなりの席《せき》にすわり、わたしがさし出してみせる読本《とくほん》をのぞきました。かれは、ハッピ姿《すがた》でありながら、それからまじめに、ねっしんに先生のお話をききました。どんなお話だったか忘《わす》れましたけれども、教室のみんなも、シーンとして、先生のことばにききいりました。

そのとき、わたしは、手をあげて、先生にいいました。

「先生、武南《たけなみ》は、もう学校はやめるそうです。いえ、きょうかぎりこられなくなるそうです。それで、きょうはみんな武南のむかし話をきかせてもらったらと思います。」

「そうか、そうか。それなら、みんなで、武南得意《とくい》のむかし話をきくことにしよう。」

そういって、先生は、懐中時計《かいちゅうどけい》をとり出して、みました。

「そうだな。もう二十分しかない。そのあいだに話せるような話を、武南にしてもらおう。どうだ、武南。一世一代《いっせいいちだい》という、とびきりおもしろいやつを、一つやってくれないか。」

すると、武南は、素足《すあし》にキャハン、わらじのまま、黒板《こくばん》のまえに出ていきました。かれは、先生のいうとおり、むかし話が、とてもじょうずだったのです。いままでも、雨の日など、なん度《ど》もそこで、おもしろい話をしたのです。だから、教壇《きょうだん》の上にたっても、ニコニコしていました。そして話し出しました。

「きょうは、ボク、『吉《きっ》ちょむどんと火事《かじ》』という話をします。さて、むかしむかし、九州《きゅうしゅう》は熊本《くまもと》のいなかに、吉ちょむどんという人がありました。ある夜のことです。その吉ちょむどんが目をさましてみると、村のどこかで、火事が、おこっているようすです。火事ともなれば、そのころの庄屋《しょうや》さん、いまの村長さんです、その庄屋さんにしらさなければなりません。そこで、吉ちょむどん、そろそろ床《とこ》からおきあがり、まず、顔をあらいました。それから、カミソリをといで、ヒゲをそりました。つぎには、はおり、はかまを出して、ていねいに、身《み》につけました。その上、たびまではいて、

『では、庄屋さまに出かけましょう。』

と、げたをふみしめて、庄屋屋敷《しょうややしき》へやってきました。庄屋さんの家では、そのときはもう、夜おそいものですから、みんなぐっすりねむっていました。吉ちょむどんは、それでも、失《しっ》礼《れい》や、そそうがあってはならないと思い、げんかんの戸をそっとたたきました。

『トントントン、もしもし、庄屋《しょうや》さま、火事《かじ》でございます。おしらせにまいりました。』

しかし庄屋さんでは、なかなかおきません。一時間もして、やっとおきてきて庄屋さんが、

『火事はどこだ。』

と、火事場《かじば》へ、いこうとしましたら、もう火事は、もえきっておりました。そこで、庄屋さんが、おこっていいました。

『吉《きっ》ちょむどん、火事のときは、もっといせいよく戸をたたき、大きな声で、火事だ、火事だとよばなけりゃダメだぞっ。』

すると、その翌晩《よくばん》のこと、吉ちょむどんは、夜中にパッととびおき、ねまきにしりからげ、そのまま、そとへかけ出しました。とちゅうで、柱《はしら》のような太い丸太をひろい、庄屋さんのげんかんへいくと、そこの戸をガンガン、つきたてました。そして大声で、火事だ、火事だとよびました。げんかんの戸がはずれると、なかへとびこみ、しょうじ、ふすまをたたきこわし、いっそう大声に、火事だ、火事だとよびました。びっくりした庄屋さんがおきてきて、

『火事はどこだっ。』

とききましたら、吉《きっ》ちょむどんが、いいました。

『火事《かじ》のときは、こんなくらいでよろしいでしょうか。』

庄屋《しょうや》さんは、あきれてものがいえませんでした。」

これで武南《たけなみ》は、ニコニコして、おじぎをして、そして席《せき》にもどりました。そのときになって、みんな、ワアワアわらいました。やっとお話がわかったのです。

それから、まもなくおわりの板木《ばんぎ》が鳴りました。みんなは、校庭《こうてい》にならび、礼《れい》をして、部《ぶ》落《らく》、部落で、列《れつ》をつくって、帰っていきました。武南は俵《たわら》の上にあぐらをかいて、武南の部落の列のあとについて、馬をあるかせました。大きな子ども三、四人で、馬の口をとりました。

ところが、学校から百メートルほどはなれたとき、武南の列から、歌う声がおこりました。どんな話から、だれが歌いだしたのかしりませんでしたが、それが、蛍《ほたる》の光なのです。はじめ女の子の声がして、やがて、おおぜいが、合唱《がっしょう》しました。すると、その歌が、帰っていく生徒《せいと》ぜんぶに広がり、前後二、三百メートルもある生徒《せいと》の列が、声をあわせて歌いました。

ちょうどその声のまんなかに、武南の馬上の姿《すがた》があったのですから、みんなが、いろいろな気《き》持《もち》はあっても、もうこれで学校をやめる、武南を送《おく》る歌を歌っていることはたしかでし

た。もとより、わたしも、歌いました。まもなく、わかれ道にきたのですが、そこでわたしたちの部落《ぶらく》のものは、一団《いちだん》になって、帽子《ぼうし》をふり、武南《たけなみ》にむかって、バンザーイといってやりました。武南も、バンザーイと腰《こし》のてぬぐいをぬいて、頭の上でふっていました。

*

それから何日かたった土曜日のことです。学校から帰りのわかれ道のところへくると、武南がたっていました。その日は馬なしの、ひとりです。それでも、ハッピにハラカケ、素足《すあし》にわらじの職人風《しょくにんふう》の姿《すがた》です。

「おい山川《やまかわ》、これから、万成山《まんなりざん》へいってみないか。」

そういうのです。

「なんでだい。」

とつぜんの話で、わたしがふしぎがると、

「いいことがあるんだ。おまえにぜひ、きいてもらいたいことがあるんだ。帰りにうちへよりゃ、ほおじろを一羽《わ》やる。」

こんな、まるで、おとなのするような話です。しかしわたしは、このほおじろにつられて、

「きっとくれるな、まちがいないな。」

そうたしかめて、武南《たけなみ》についていきました。もっとも、ひとりでは、心ぼそかったので、村の友だちを二、三人さそいました。なにぶん、その万成山《まんなりざん》へのぼるのは、小一時間かかるのですから、心配《しんぱい》にもなったのです。それに、その万成山というのは、わたしの村からは西北の方角にあたり、秋になると、その山のうえに夕日がおち、そこら一面《いちめん》、夕焼《ゆうや》け雲で赤くなるのでした。そこへのぼっていくということは、おおごとをやるように思われました。

妙見《みょうけん》さんという、お宮《みや》のまえをとおり、そこのおくの院《いん》の滝《たき》の上をとおり、山畑《やまはた》へ出たところで、わたしたちは、西北にそびえる岩を見あげました。そこにミョウト岩という大岩があるのです。万成山のまえの山の上にです。武南はグングンのぼっていきました。そこに、たっしたとき、じょうずに岩のくぼみをつたわって、二つならんだその岩の上にのぼりつきました。

そこでかれはあらたまって、いいました。

「山川《やまかわ》、見ろ。」

そして四方を見わたしました。うしろに谷があり、そのむこうが万成山《まんなりざん》で、峰《みね》には、松《まつ》がしげっておりました。三百年もむかしのこと、そこにお城《しろ》があったのです。

そして、そこに松田《まつだ》将監《しょうげん》がすんでいたのです。武南《たけなみ》の話によると、かれのおじいさんの、おじいさんの、そのまたおじいさんのおじいさんくらいが、松田将監の家来《けらい》だったそうです。

そして、将監が、浮田《うきた》直家《なおいえ》と戦争《せんそう》したとき、このミョウト岩で、奮戦《ふんせん》したのだそうです。しかし、将監は浮田にまけて、お城はやけおちました。浮田はこのへん一帯《いったい》を自分の領地《りょうち》にして、大きな国をもった殿《との》さまになりました。

しかし、むすこの秀家《ひでいえ》のとき、関ガ原《せきがはら》の戦《たたか》いで徳川方《とくがわがた》にまけて、この備前《びぜん》は池田《いけだ》の領地になりました。そのとき、武南のおじいさんのおじいさん、そのまたおじいさんのような人は、その池田の殿さまにおねがいして、この山のふもとに、お寺をたてました。それが大安寺《だいあんじ》というのです。

そして、その寺の住職《じゅうしょく》になって松田将監のおとむらいをしました。そのとき、池田の殿さまから、この万成山をもらいました。お寺は代《だい》だい、武南一家《たけなみいっか》がひきついで、三百年もつづいたそうです。ところが、明治《めいじ》になって、何代目《なんだいめ》かの武南のおじいさんが、人にだまされました。

そのころ、山や土地はお金にならないほど、やすいものだったのです。なにかお床《とこ》にかける絵一枚《まい》と、とっかえたのだとかいいました。その絵もゆうめいな人のかいたことにはなっていましたが、それがニセモノだったのです。

それをきいて、武南《たけなみ》はよくこの山にのぼりました。このミョウト岩の上で、先祖《せんぞ》が、ヨロイ、カブトで、弓を射《い》たというありさまを想像《そうぞう》しました。松《まつ》ふく風に白壁《しらかべ》のお城《しろ》がたっていたというありさまも、目にうかべました。そして、そんな山を、人にだまされて、とられてしまったことを、ざんねんに思いました。それから、人をだます人間を、ことのほか、にくむようになりました。

「ね、そうだろう。この大きな山だぜ。これがうちのものだったんだぜ。それをだまされて、人にとられたんだぜ。はらがたつだろう。だから、おれ、そういう人間をゆるしておくわけにいかなくなったんだ。源太《げんた》や順六《じゅんろく》や、それから、あの大坪《おおつぼ》に、スリゲンをくれたのも、みんな、そのせいだよ。わかったか。」

武南はそういって、大きな山を、高い岩の上から、見わたしました。わたしも、武南について四方を見わたし、武南《たけなみ》のくやしさがわかりました。

「そうだよ。そんなやつ、まったくにくらしいな。もしここが、いまでも武南のものだったら、ここへお城《しろ》をたててさ、ぬけあななんかほってさ、きみやおれなんか、みんなでヨロイを着《き》てさ、馬になんかのってさ、ホラ貝をブウブウ鳴らしてさ、おもしろいぞう……。」

そういわないでおれませんでした。わたしの目には、あの五月のお節句《せっく》にたてる武者人形《むしゃにんぎょう》の姿《すがた》が目にうかび、わたしや武南がその人形になっているような気がしました。

すると武南がいいました。

「そうだ、おれたちは、この山のお城のサムライだ。これから、ここで、浮田直家《うきたなおいえ》と戦争《せんそう》しよう。」

そして武南は、そのミョウト岩の上から、山下のほうへむいて、力いっぱい、大声を出してさけびました。

「オーイ、浮田直家のバカヤロウ。ここにおるのは、武南クラゾウ・ノリスケだあ。戦争《せんそう》するから、攻《せ》めてこーい。」

そこでわたしたちは、その後で、声をあわせてさけびました。

「浮田《うきた》直家《なおいえ》のバカヤロウ……。」

＊1　コッテイ……重荷を負う強く大きな牡牛。
＊2　三寸……長さの単位。一寸は約三センチ。
＊3　下国……小さくて貧しい国。
＊4　カナ棒……鉄棒のこと。

ウグイスのほけきょう

むかし、むかし、あるところに、若《わか》いお百姓《ひゃくしょう》がありました。秋になって、稲《いね》のとり入れもすみましたので、江戸《えど》へ出て、ひとかせぎしてこようと思い、村を出てきました。三国峠《みくにとうげ》という大きな峠にかかったとき、秋の日がもう西へかたむき、峠の中ほどのお堂《どう》の前にくると、すっかり日が暮《く》れてしまいました。

「これはこまったことだ。これでは、とても、この大きな峠はこせない。」

と、とほうにくれておりますと、むこうの山にかすかなあかりが一つ、星のように見えてきました。

やれうれしやと、そのあかりを目あてに、一つの山をこえて行きますと、なんとふしぎなことに、この山の中にはめずらしい、りっぱな家が立っていました。トントン、トントンと戸をたたいて、お百姓《ひゃくしょう》は声をかけました。

「もしもし、道に行《ゆ》き暮《く》れて、難儀《なんぎ》をしておる者でございます。どんなところでもよろしゅうございますから、今晩《こんばん》一晩とめてくださいませんか。」

すると、中から美しい女の人が出てきて、

「それはさぞおこまりのことでございましょう。むさくるしいところではございますが、さあ、あおがりになって、えんりょなくおとまりください。」

こんなに親切にいってくれました。お百姓《ひゃくしょう》は、大喜《おおよろこ》びして、

「それでは——」

といって上にあがり、とめてもらうことになりましたが、その通された部屋《へや》がとてもりっぱな部屋で、しかも、晩ごはんにといって出されたおぜんが、山の中にはめずらしいごちそうばかりです。すっかり感心《かんしん》していると、女の人が出てきました。

「おまえさんは、これからどこへ行きなさるのですか。」

「ハイ、お江戸《えど》でひとかせぎしたいと思いまして。」

すると、女の人が、

「ひとかせぎというのでしたら、わたしのこの家でかせいでみたらどうですか。仕事《しごと》といっても、るす番をするだけのことですが。」

といいました。そこでお百姓《ひゃくしょう》は、どこでかせぐのも同じことと思いましたので、

「それではひとつ、そうおねがいいたします。」

と、その家で働《はたら》くことになりました。

さて、あくる朝のことです。女の人はお百姓に馬の用意《ようい》をさせて、馬に乗《の》って出て行きました。そこにはうまやがあって、りっぱな馬が飼《か》ってあったのです。ところが、出て行くときになって、女の人がいいました。

「おなかがすいたら、おまえさんの食べたいと思うものが戸だなの中にはいっていますからね、かってにいくらでも食べてください。しかし、四つある倉《くら》のうち、いちばんおしまいの倉の戸だけは、けっしてあけてはいけませんよ。いいですか。」

「ハイ、いちばんしまいの倉は、けっしてあけはいたしません。」

お百姓がそういいますと、女の人はうれしそうにニコニコして、出て行ったそうでありま

す。ところが昼ごろになって、お百姓《ひゃくしょう》はおなかがすいてきましたので、「ご主人《しゅじん》は、戸だなの中に、おまえさんの食べたいと思うものがはいっているからといわれたが、おれは今、おさとうのはいっている、あまいおだんごを食べたいんだが――」

そう思いながら、戸だなの戸をそっとあけてみました。と、オヤオヤ、おどろかないではおれませんでした。だって、ちゃんと、そこに大きなさらがあって、できたての、湯気《ゆげ》のほやほや立っているキビだんごが、山もりおいてあったのです。

「すみません、すみません。ごちそうでございます。」

お百姓は、まるでそこに女の人でもいるように、お礼《れい》をいって、おだんごの大ざらをおしいただいて、戸だなから取《と》りだしました。そしてこのおいしい、あまいおだんごをたらふくごちそうになりました。

で、それからは毎日、女主人《おんなしゆじん》が乗《の》って行く馬の用意《ようい》をするばかりで、あとは、戸だなからおいしいごちそうを取りだして食べて、倉《くら》の中など、ひとつも見ようとせず、忠実《ちゅうじつ》にるす番をいたしました。女主人は朝出て行って、晩《ばん》になるときまって帰ってきました。毎日、すこしの変《か》わりもなく、そうして一年ばかりの月日がたちました。そこで、ある日のこと、お百《ひゃく》姓《しょう》が、女主人《おんなしゆじん》にいいました。

「これは長いあいだごやっかいになりました。家のほうも心配《しんぱい》になりますので、このへんでおひまをいただきとうぞんじますが。」

そうすると、女の人が、

「そうですか、今までなんともよくるす番をしてくれて、残《のこ》り惜《お》しゅうは思うけれど、家が心配といえばしかたがない。では、これは、ほんのお礼《れい》のしるしばかり――」

そういって、お金の包《つつ》みと、白木綿《しろもめん》*1を一反《いったん》くれました。お百姓《ひやくしょう》はお礼をいって峠《とうげ》をくだり、国へ帰ってきました。家へつくと、今までの話をして、おかみさんに白木綿を見せ、それから、お金の包《つつ》みを開きました。ところが、ふしぎなことに、そこにはへんな形をした一文銭《いちもんせん》が、一枚《まい》はいっているきりでした。一文銭というのを知っていますか。それが十枚《まい》で一銭*2になるというお金で、むかしはあったのですが、今はありません。とにかく、お金の中でもいちばん安いお金です。ですから、お百姓はビックリしたり、ふしぎに思ったりしたのです。

で、おかみさんに、

「どうしたというのだろう。おれは一年もまめに働《はたら》いてきたんだよ。そのお礼に一文ということは、どうもあたりまえとは思われない。」

そういってみましたが、おかみさんもなんということもできません。それで、この一文銭《いちもんせん》を持《も》って、庄屋《しょうや》さんに相談《そうだん》に行きました。庄屋さんというのは、むかしの村長さんです。庄屋さんは、その一文銭を見ると、アッとビックリしていいました。

「いや、これはおどろいた。これはウグイスの一文銭といってね、この世にめずらしい宝物《たからもの》なんだよ。おまえさんが一年や二年働《はたら》いたって、とてもさずかるものではない。もしかまわないなら、このおれに千両《りょう》で売ってくれないか。」

これを聞くと、お百姓《ひゃくしょう》は、またもや、おどろくやら喜《よろこ》ぶやら、そして庄屋さんにいいました。

「そうですか、ありがとうぞんじました。では庄屋さん、どうか千両でお買いください。」

で、お百姓は一度《ど》にたいへんにお金持《かねもち》となりました。ところが、そのお百姓のおとなりに、欲《よく》ばりのおやじがひとり住《す》んでおりました。これを聞くと、おれもひとつその一文銭をもうけてこようと、三国峠《みくにとうげ》をさして出かけました。そして、この美しい女の人のいる一軒家《いっけんや》をさがし、そこで働かせてもらうことになりました。朝になると、女の人はやはり馬に乗《の》って出

かけました。出かけるとき、お百姓《ひゃくしょう》にいったように、

「食べたいものは、戸だなの中にありますよ。それから、四つの倉《くら》のうち三つまではあけてよいが、おしまいの四つめの倉は、けっしてあけてはなりません。いいですか。」

そう念《ねん》をおして、出て行きました。

ところが、なにぶん欲《よく》ばりのおやじさんですから、戸だなの中から、いろいろのごちそうを思うぞんぶん取《と》りだして食べましたが、それでも満足《まんぞく》せず、倉のほうに何かいい宝物《たからもの》でもありはしないかと考えました。それで、見てもいいといわれた第一《だいいち》の倉をあけて見ました。すると、そこには、べつになんという宝物はありませんでしたが、中にはじつにいい景色《けしき》がはいっていました。夏らしく、海には波《なみ》がたっていて、上を白いカモメが飛《と》んでいました。おやじさんは、これではつまらないと、つぎの倉をのぞいて見ました。と、これも景色で、一本のカキの木があり、これに赤いカキの実《み》がたくさんなっていました。そしてまわりに菊《きく》の花がさき、空にガンがカギになって飛《と》んでいました。

なあーんだ、これもつまらないというので、またつぎの倉を開きました。すると、これも景色で、ここには雪がふっていて、雪の上をウサギなどがはねていました。これもつまらな

いというので、いよいよ四つめの倉《くら》の前に立ちました。ところが、これは、女の人がけっしてあけてくれるなといった倉でした。だから、おやじさん、ちょっと考えたのですけれども、あけてくれるなといったところをみると、きっと、この中にこそ、ほんとうの宝物《たからもの》がドッサリはいっているのにちがいない――そう考え、あけたくてたまらなくなりました。で、ちょっとだけ、ちょっとだけならわかりゃすまい、そう考えて、倉の戸をちょっとあけて中をのぞきました。

ところが、どうでしょう。そこには一本の梅《うめ》の木があって、花が美しくさいております。そしてその枝《えだ》に、一羽《わ》のウグイスがとまっていて、ホウ、ホケキョウ、ホウ、ホケキョウと美しい声で鳴いていました。で、おやじさんはガッカリして、こんなものを見るなといったのは、いったいどうしたことなんだろうと、また倉の戸をしめようとしますと、ハッと、この倉も、それからそこにあった家も、何もかも一度《ど》になくなって、自分もさみしい山の中に立っていました。

「オヤオヤ、オヤ。」

と、ビックリして、夢《ゆめ》でも見たのかと、あたりを見まわしました。と、そばで、女主人《おんなしゅじん》の声がしました。

「おまえさんは、なんとたいへんなことをしてくれたんだ。四つめの倉《くら》は、あれほどあけてくれるなとたのんでおいたではないか。わたしは、じつをいえば、千年のとしをかさねたウグイスなんです。千年の間に、山々谷々をめぐって、毎日毎日ほけきょうという尊《とうと》いお経《きょう》を読みためて来て、それをあの倉の中にしまってあった。それがおまえのおかげで、みんな外に出て、どことなく消《き》えていってしまった。残念《ざんねん》だがしかたがない。そのかわりおまえさんの帰り道も、かいもくわからなくなってしまったよ。」

おやじさんは、おどろいて身《み》のまわりを見まわしましたが、まったく、どこをどう行って家へ帰っていいのか、サッパリわからない山の中でありました。

＊1　一反……布の長さの単位。長さ約一〇メートル、幅約三六センチ。

＊2　一銭……通貨の単位。一円の百分の一。

サルとお地蔵《じぞう》さま

むかし、むかし、あるところによいおじいさんがありました。

ある日、山へシバかりに行って、むこうの川原《かわら》を見ますと、サルがたくさん集《あつ》まって、石のお地蔵《じぞう》さまをかついで川をわたっておりました。

これはおもしろいと思って、自分も川原へ行って、からだじゅうに米の粉《こな》をぬり、お地蔵さまのまねをしました。そして、臼《うす》をさかさにした上にたっていました。すると、まもなく、サルがこれを見つけて、

「あ、お地蔵さまがここにもござる。お地蔵さま、お堂《どう》へ持《も》ってって、お納《おさ》めしよう。」

と、おおぜい集まってきました。そして、みんなで肩車《かたぐるま》をくんで、その上に、おじいさん

を乗《の》せました。

それから、声をそろえてうたい、うたいながらかつぎだしました。

「てんの手車、たれ乗せた。

地蔵《じぞう》さま乗せた。」

道々こううたって、やはり川をわたって行きました。川の深《ふか》いところへくると、

「サルのおしりはぬらすとも、

地蔵のおしりぬらすなよ。」

と、うたいました。おじいさんは、おかしくてなりませんでしたが、お地蔵さまが笑《わら》うってことはありませんから、じっとおかしいのをがまんしておりました。川は深いうえに、流《なが》れが早かったので、サルたちは、ともすると流されそうになりました。しかし、そのたび、力をこめて、この歌をうたったので、よく気合があって、ぶじにむこう岸《ぎし》へわたることができました。すると、そこに、一つのお堂《どう》がありました。サルは、おじいさんの地蔵さまを、そこへかついで行き、そこに、お納《おさ》めいたしました。そして、その前に、なんだかいっぱいおそなえして、まもなく、どこかへ行ってしまいました。おじいさんが目をあけてみますと、

宝物《たからもの》がいっぱいおそなえしてありました。おじいさんは、大よろこびして、その宝物を持《も》って、うちに帰ってきました。うちに帰ると、座敷《ざしき》じゅうにひろげて、うちの者《もの》に見せました。みんな、感心《かんしん》してながめていました。と、そこへ、となりの欲《よく》のふかいおじいさんがきました。そして、その座敷《ざしき》いっぱいの宝物を見て、びっくりして、たずねました。

「まあ、こりゃ、なんだって、ここのうちは、いっぺんにこう福々《ふくぶく》しゅうなったんだい。」

で、おじいさんが、その日のことを話しました。

すると、

「それは、おもしろい。おれもひとつ、お地蔵《じぞう》さまになってみよう。」

そう、欲のふかいとなりのおじいさんがいいました。

そして、あくる日、おじいさんにおそわったとおり、川原《かわら》へ行って米の粉《こな》をからだじゅうにぬり、臼《うす》をさかさにした上に立っていました。と、まもなく、サルがやってきました。

「ここに、お地蔵さまがござる、お堂《どう》へお納《おさ》めしなければ——」

そういって、また、みんなで肩車《かたぐるま》をくみました。

「てんの手車、たれ乗《の》せた。

地蔵《じぞう》さま乗《の》せた。」

きのうのとおりにうたいました。そして、川をわたって行きました。

深《ふか》いところへさしかかると、

「サルのおしりはぬらすとも、
地蔵のおしりぬらすなよ。」

やはり、きのうのとおり、声をそろえてうたいました。すると、欲《よく》ふかのおじいさん、おかしくて、おかしくて、どうにもこらえていることができません。それで、つい、

「はっは、はっは。」

と、笑《わら》ってしまいました。

笑い声を聞くと、サルたちはびっくりして、お地蔵さまの顔をのぞきました。そして、

「あ、これはお地蔵さまではなかった。人間だ。人間だ。」

というと、みんな車の手をはなして、逃《に》げるように行ってしまいました。それで、欲ふかのおじいさんは、深《ふか》いところに落《お》とされ、もうすこしで、おぼれそうになりました。人まねをするものではない、というお話です。

沢右衛門《さわよむ》どんのウナギつり

むかし、むかし、沢右衛門《さわよむ》という人がおったそうです。その人がある日、川の橋《はし》の上手《かみて》にある、太いくいの根《ね》もとに、ウナギざおを入れたところが、さおをズウズウ引っぱるものがあります。ウナギざおというのは、しゅもくざおといって、さお先がステッキのにぎるところのようになっております。そのにぎりをウナギ穴《あな》に入れてやるわけなのです。で、その沢右衛門どんは、

「そら、来たぞ。」

と、さおをしっかりつかまえ、それからズク[*1]というほど引っぱったのです。すると、三尺《じゃく》もあるまだらの大ウナギが、バタバタあばれくるってさおの先にさがって来ました。そこで、

そいつをつかまえようとすると、大ウナギは、バタッと一はね、大はねにはねて、ビュウビュウ飛《と》んで行ってしまいました。行ったも行った、山をこして行ったのです。

沢右衛門《さわよむ》どんは、

「や、これはたいへん。」

というので、ウナギを追《お》いかけて、これも山をこして飛んだのですが、沢右衛門どんは土の上を飛ぶように走ったのです。

ところで、山をこして、ここらと思うところへ行って見ますと、草のみだれたあとがあります。そこで草をわけてのぞいて見ますと、まさしくさっきの大ウナギです。

「ずいぶん飛んだものだなあ。」

と、沢右衛門どんは感心《かんしん》して、まずそのウナギをつかみました。もうあばれる元気もありません。が、その時です。気がつけば、なんとその草の中に、ウナギのすぐそばに、一ぴきの大イノシシが死《し》んでおります。

「や、これはいったいどうしたことだ。」

沢右衛門どんが、そのイノシシをよくよく見ますと、それは今の、山をこしてはね飛んだ、大ウナギに打《う》たれて、死《し》んだことがわかりました。だって、首の急所《きゅうしょ》にウナギのぬるぬるがついております。きっとイノシシは、そんなウナギなんぞが、飛《と》んで来ようなどと思わないものですから、そこで、草の中にねむったふりをして、横《よこ》になっていたのです。そこをウナギにやられて、ぎゃふんとまいったらしいのです。で、

「や、これはたいへんなもうけものをした。」

沢右衛門《さわえもん》どんは、こうひとりごとをいいましたが、とにかくイノシシは、とても大きいイノシシですから、かんたんに手にさげてくるわけにはいきません。それで思いついたのがカズラです。カズラでしばって、せなかに負《お》って行こうと考えついたのです。で、

「どこかにカズラはないかなあ。」

と、見まわしますと、もうすぐ眼《め》の前に、木にぶらさがって、何本となくならんでおります。ところが、それがなんとまた山イモのつるなのです。

「や、これはいよいよ大もうけだ。」

沢右衛門どんはそういって、そのつるに手をかけて引っぱりました。するとあたりまえではなかなかぬけない山イモが、ズボズボぬけて来ました。

「はは、ほほ、ふふ。」

沢右衛門《さわよむ》どんはこんな笑《わら》いかたをして、大喜《おおよろこ》びで、山イモの長い長いのを、何本も何本もぬき取《と》りました。

ところで、こう山イモがぬけてきてみますと、こんどはつと*2、つとを作らなければなりません。つとを作って山イモを入れて、家へ持《も》って行かなければなりません。そこで沢右衛門どんは、

「カヤはこのへんにないもんかな。」

と、またひとりごとをいいました。と、そうです。もう眼《め》の前、すぐそばにカヤの一むらしげったところがありました。

「は、ここにござった。それではひとつかみ。」

そういって、沢右衛門どんは、カヤを片手《かたて》にひとつかみし、片手で、いつも腰《こし》にさしているカマを取って、ザクリとそれを切りました。と、これはまたなんとしたことでしょう。バタバタッという鳥の羽の音、しかも、それが沢右衛門どんがつかんでいるカヤの中からしております。

「どうもきょうは変《へん》なことばかりの、ありつづけだ。」

そういって、沢右衛門《さわよむ》どんがそのカヤの中をよく見ますと、そこには一羽《わ》のキジがいました。そのキジの頭を沢右衛門どんはカヤといっしょに、ひとつかみにしてかり取《と》ろうとしていたのです。いや、もう半分かり取ってしまっていました。

「まあ、ええわ、ええわ。」

沢右衛門どんは、ウナギとイノシシと山イモとキジを手に入れ、まずこうひとりごとをいいました。ところで、そのキジをつかんで引きあげましたところが、

「あらあら。」

さすがの沢右衛門どんもおどろきました。だって、キジは卵《たまご》を生《う》んでいたのです。いや生んであたためていたのです。カヤの中には、きれいに作った巣《す》があって、そこに白い大きな卵が十三もならんでいました。

ウナギとイノシシと、山のイモとキジと、それから十三の卵です。沢右衛門どん喜《よろこ》ばないでおれません。それらをそこの草の中にならべておいて、

「はっははっは、ふっふふっふ、わっはわっは。」

ひとりで大笑《おおわら》いをやりました。が、また喜んでばかりもおられません。早くそれらのえも

のの入れものを作って、家へ持《も》って帰らなければなりません。で、もうこんどは大いそぎで、カヤをかって、つとを作りました。つとの中にはキジも卵《たまご》も山のイモも入れました。それから、ウナギもやっぱりつとを作って入れました。イノシシはちょうどそばに倒《たお》れていた木のしげった枯《か》れ枝《えだ》（梢《ほだ》）を折《お》って、その四つ足をくくった間にさし入れて、肩《かた》にかついでもどって来ました。キジやウナギのつとも、その枯れ枝にぶらさげました。

さて家に帰って、沢《さわ》右衛門《よむ》どん大じまんで、

「どっこい、こらしょっ。」

と、庭《にわ》にそれらのものを投《な》げ出しました。それから、

「さあて、きょうは、村のみんなをつれてきて、イノシシ料理《りょうり》でも、たかんならん。」

そういっておりますと、またふしぎなことに、そのしげった枯れ枝、梢の中でクックククックというものがあります。

「ほ、まだ何かこの中におりでもするかな。」

沢右衛門どん、そういってその梢の中を開いて見ますと、いたもいたいた、大きなイタチが、しかも三びき、その中にかくれていました。これで沢右衛門どんの幸運《こううん》は、きょうのえ

ものは、いったいいくらになったでしょう。みなさんひとつ数えてみてください。

＊1　ズク……力ずく。

＊2　つと……わらなどで編んだ包み。

解説

ふしぎの境目

千葉大学教授　佐藤宗子《さとうもとこ》

「坪田譲治名作選」の第二巻には、あわせて十八編のお話が収められています。早い時期に発表された作品は、今から七十年ほど前に雑誌にのせられたもの、新しいものといっても、第二次世界大戦後の昭和二十年代前半に発表されていますから、すでに五十年以上はたっていることになります。登場する子どもたちや村人の様子がどこか今とは「違う」ように思われるとすれば、ひとつには、そのためだといえるでしょう。でもその分、望遠鏡をのぞきこむような感覚で、「少し昔の世界」を見わたすこともできるわけです。

十八編のうちわけは、子どもから大人まで幅広く読めるようないわゆる童話から、もっと小さい子どもたちを対象にした短い話、昔話をもとにした作品、それに本来は大人向けに発表された作品まで、実に多《た》彩《さい》です。作家・坪田譲治といえば「善太《ぜんた》・三平《さんぺい》」といった男の子たちが登場する作品が有名ですが、ここには、あまり入っていません。

冒頭《ぼうとう》に置かれた「正太の海」に出てくる正太、「かくれんぼ」の善太、「森のてじなし」の善太と三平——彼《かれ》らは、実は作者の息子さんたちをモデルにしているといわれているように、兄弟として、いくつもの作品に登場してきます。とくに善太と三平はおなじみの存在です。「森のてじなし」では、作中に二人の関係は何も書かれていませんが、兄弟ならではのチームワークの成果で、友達を驚《おどろ》かそうとします。あれ、でも善太は「かくれんぼ」で、たしか……と、狐《きつね》につままれたような感じになった読者もいることでしょう。実はそこが、坪田譲治の作品世界の、「どこか違《ちが》う」感覚を解《と》く入り口になります。

十八編の作品の多くは、読んでいるさいちゅうも、読み終わった後でも、なんとなく、ふしぎ、いい意味で変な気持ちにさせられる——たぶん、それが、大方の読者の反応だろうと思います。先ほどの「かくれんぼ」でいえば、前半、留守番の善太の相手をする声は何ものなのか、別に恐《おそ》ろしいとまではいかなくても、ちょっとぞくっとするような気がします。そして後半、詳《くわ》しくは書かれないだけに、善太がいつのまにかこの世を去っていると知らされてあっけにとられつつ、おかあさんの相手は、それでは善太かと想像され、ほろりとさせられもしますが、するとあらためて、前半の声が気になりだす、しかしそれ以上は何も語られない……という具合です。

私たちの、ふだんの生活と地続きのようでいて、どこか、「違う」。現実のようなゆめ、夢のような現実、そのいずれとも言いがたいし、その中間というわけでもない。それが、へんな感じの中身ではないでしょうか。だから、坪田譲治の作品群では、しばしば、同じ名前を持つ善太《ぜんた》が、「死」の世界とのあいだを越《こ》え、また戻《もど》り、といったことを何気ないように、繰《く》り返すのです。

お話を読む時に、人はそれぞれ、自分なりの期待を抱《いだ》きます。伏線《ふくせん》がしっかりと張られていて、がっちりと作り上げられた物語の展開を楽しむのが好きだ、という人は、こうしたふしぎな感覚を与える作品に、おおいにとまどうかもしれません。そんな場合は、このなかの昔話や幼年向けの作品――最後の三編や、「きつねとぶどう」「リスとカシのみ」など――から手をつけて見るといいでしょう。比較的構成のはっきりしたそうした作品から、つづけてその前後におかれた話に、すっと入ってみてください。へんな感じだなあと思いつつ、きっと、そのふんい気になじんでいけるでしょう。

「ふしぎさ」を生きる登場人物たちは、子どもとは限りません。おとなたちも、そうなのです。「狐狩《きつねが》り」の平八老人は、かくしゃくとしたほうですが、「ビワの実」の金十、「石屋さん」のおじさん、「雪ふる池」の銀五郎と、現実に体験したことなのか、ゆめまぼろしの、非日常の体験をしたのか、いろいろなことがどうも、あやふやになってきてしまいます。そして語り手までも、「ビワの実」の最後のように、「どっちでしょうか」と問いかけます。もちろん、読者に、無理に答えさせるつもりはないはずです。むしろ、「どっちでもいい」気持ちのままにしておきたい、そんな意志がうかがえるようです。

また、坪田譲治の作品ではときに、ひとつのものがどんどんと変化していくこともあれば、次々と別の存在がうつりかわって登場してくる場合もあります。「枝の上のからす」はその後者の一例といえます。その際のめまぐるしいような印象がさらに、ふしぎさをふくらませてくれるようです。「ナスビと氷山」なども、作中の「ボク」の発熱で、ぼうっとしためくるめく感覚を味わうおぜん立てがされていると考えられます。

そして、そうした不安定感、あわい、ふわふわしたふしぎの感覚が全体をおおうようでいて、ときに、心にしみる場面が際立ちます。「狐狩《きつねが》り」の最後での、子狐二匹《ひき》の姿。「かくれんぼ」の、呼び合う声。「雪ふる池」の、白さ。「きつねとぶどう」の、子狐の、母への感謝の言葉。「武南倉造《たけなみくらぞう》」の、馬を連れて学校にやってきた彼《かれ》の思い。それらは、広がるふしぎさの中で、くっと心に切込みを入れるように、せつなさをあざやかに刻みます。

十八編の作品は、どれから読んでも、一編ずつでも、もちろんその味を楽しむことができます。ただ、このふしぎさに慣れてきたら、作品の並びかたを見合わせながら、いくつかの話をつなげてみることで生まれる、ゆれる感覚も、楽しんでみてください。そのとき、善太の生きる日常と動物たちの住む場所が、「武南倉造」のような、明治三十年代の岡山の風景と、「ウグイスのほけきょう」以下の昔話の世界が、微《び》妙《みょう》につながっていることが、二十一世紀の読者である私たちに、まざまざと伝わってくることでしょう。

編集・坪田理基男／松谷みよ子／砂田　弘

画家・篠崎三朗（しのざき　みつお）
1937年福島県に生まれる。桑沢デザイン研究所専攻科卒業。東京イラストレーターズ・ソサエティ、日本児童出版美術家連盟会員。現代童画ニコン賞、高橋五山賞受賞。ミュンヘン国際児童図書館より絵本『おかあさんぼくできたよ』（至光社）が国際的に価値のある本として選ばれる。絵本、さし絵の世界で活躍。

装幀・稲川弘明
協力・赤い鳥の会

●本書は『坪田譲治全集（全12巻）』（新潮社）を定本として、現代の子どもたちに読みやすいよう新字、新仮名遣いにいたしました。
●現在、使用を控えている表記もありますが、作品のできた時代背景を考え、原文どおりとしました。

ビワの実　　坪田譲治名作選　NDC913　199p　22cm

2005年2月20日　第1刷発行　　2021年2月20日　第5刷発行
作　家　坪田譲治　　画　家　篠崎三朗
発行者　小峰広一郎
発行所　株式会社小峰書店　〒162-0066 東京都新宿区市谷台町4-15
☎03-3357-3521　FAX 03-3357-1027
https://www.komineshoten.co.jp/
組版／株式会社タイプアンドたいぽ　装幀印刷／株式会社三秀舎
本文印刷／株式会社厚徳社　製本／株式会社松岳社

 ISBN978-4-338-20402-6